無敵浪人 徳川京四郎
天下御免の妖刀殺法

早見　俊

コスミック・時代文庫

この作品はコスミック文庫のために書下ろされました。

無敵浪人 徳川京四郎

天下御免の妖刀殺法

早見　俊

コスミック・時代文庫

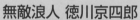

目次

第一話　謎の素浪人

一

根津権現の門前町に連なる武家屋敷の一角に謎の浪人が引っ越してきて、ひと月あまりが経った。享保十二年（一七二七）の水無月一日、江戸は夏真っ盛りである。

この界隈は旗本、御家人たちが暮らしており、浪人が住みついたことに奇異な目が向けられ、江戸っ子連中が、

「畏れ多くも、将軍家の御落胤《ごらくいん》だってよ」

「いまの公方さまのお父上が、紀州《きしゅう》でお手付きされた下女のお子だってさ」

などと好き勝手な噂話を流している。

その噂を裏づけるように、浪人は紀州からやってきていた。

いまの公方さまとは、もちろん八代将軍・徳川吉宗《とくがわよしむね》にほかならない。

そして、浪人は徳川京四郎宗道《とくがわきょうしろうむねみち》……吉宗の御落胤ではないものの、姉の子、つまりは甥であった。

したがって、れっきとした徳川家の一門である。


「殺風景だな……」

京四郎は庭の池を見おろした。

陽炎に揺らめく松の下、小判型の池は澄みわたっているが、一匹の魚も泳いでない。焦がれるような強い日差しが降りそそぐ水面は、白銀を敷いたような輝きを放っている。

京四郎は白小袖の着流し姿、紅色の帯が映え、すらりとした長身と相まって、さながら池の畔《ほとり》に降り立った白鶴のようだ。月代《さかやき》を残して髷《まげ》を結う、いわゆる儒者髷、鼻筋が通った面差しにあって、切れ長の目がひときわ美麗である。

歳は二十五歳だ。

概して浪人とはほど遠い、貴公子然とした風貌だった。

それにもかかわらず、将軍の血筋であるにもかかわらず浪人と見なされるのは、京四郎本人が自称しているからである。

「京四郎さま、もうすぐ鯉が届きますよ」

女が声をかけた。

「松子《まつこ》は気が利くな」

京四郎は女に向いた。

「だって、こんなすてきなお池に魚が泳いでいないなんて、画竜点睛《がりょうてんせい》を欠く、ですよ」

「さすがは読売屋。目配り、気配りができているな」

「嬉しい、やっと読売屋に興味を抱いてくださったんですね」

にっこり微笑み、松子は礼を言った。

二十三歳の年増、瓜実顔《うりざね》の美人、髪は洗ったときのごとくさげたままの、いわゆる洗い髪。薄桃色地に朝顔を描いた小袖が、よく似合っている。

小股の切れあがったいい女なのだが、それを物語る、裾からちらりとのぞく膝や太股《ふともも》を拝むことはできない。

松子は女だてらに草色の袴を穿いているのだ。

なにも、裾割れを気にしているからではない。このほうが動きやすいからだ。

読売屋は走りまわるのが仕事だ、というのは松子の信条。それを実践するように、草履ではなく男物の雪駄を履いている。もっとも、鼻緒は紅色で、女らしさも備えていた。

「松子の読売屋の屋号は、夢殿屋《ゆめどのや》だったな。聖徳太子を意識しているのか」

京四郎に問われ、

「ご名答です。太子さまは一度に十人以上の訴えをお聞きになったでしょう。あたしも常に、十件以上のネタが集まるよう、太子さまが寝泊まりなさった法隆寺の夢殿にあやかろうと思って屋号にしたんですよ」

誇らしそうに松子は答えた。

京四郎が引っ越してから数日と経たず、松子は訪ねてきた。

将軍家の御落胤という噂を耳にし、読売のネタになると踏んで京四郎に近づいたのだ。

真偽はともかく、徳川の御落胤という噂のある武士に、興味は持っても親しくなろうと思う町人は稀だ。読売屋とはいえ、引っ越した直後にやってきたのは松子ひとり。

しかも、ただ顔を出すだけではなく、通いの奉公人や女中の手配、母屋や庭の整備、衣食住に関する出入り商人の選定までを、てきぱきとおこなった。

京四郎は母の貴恵《きえ》が亡くなったのをきっかけに、吉宗に呼ばれて江戸にやってきた。

吉宗の父、紀州藩主・徳川光貞《みつさだ》は、領内を巡検中に立ち寄った庄屋で、そこの娘の貴恵と結ばれ、京四郎を生ませた。貴恵は、光貞から和歌山城に入るよう勧められたが、自分は百姓の娘だから土とともに暮らしたい、と拒んだ。

そして現将軍である吉宗は、少年のころから紀州の野山を駆けまわるのが好きで、たびたび姉の家を訪ねた。甥である京四郎とも、一緒に釣りや鷹狩り、野駆けに興じたのだった。

江戸にやってきた京四郎に、吉宗は、幕府の重職や大名への取り立てを勧めてくれたが、それを拒み、根津権現の空屋敷のみをもらった。

いかにも光貞から迎えられたのを断った姉上の倅らしい、と吉宗は喜んでくれた。拝領した屋敷も、御家人が暮らしていたとあって三百坪ほどにすぎない。

浪人の住まいには豪華すぎるが、とはいえ、将軍の甥の住居には似つかわしくはなかった。

吉宗は、屋敷の整備代と当面の生活費として、三百両をくれた。

遠慮しようとしたが、亡き姉上の供養でもある、せめてそれくらいはさせてくれ、と吉宗に説得されて受け取ったのである。

じつのところ、もらっておいてよかった、といまになって思う。

母屋の瓦は新しく葺き、畳も敷き直した。荒れていた庭にも庭師を入れ、見映えよくしたのである。

庭の隅には畑を設けた。紀州では、母について野良仕事をやっていた。土とともに生きた母のためにも、たとえ江戸であろうが、京四郎は畑仕事を続けるつもりだった。

「松子のおかげで、江戸での暮らしが整った。となると、なにか仕事をせねばな。公儀の仕事はまっぴら御免だが……おれにできることを、松子なら思いつくのではないか」

京四郎の問いかけに、

「あります！」

突如、大声を出したように、松子はその言葉を待っていたようだ。

京四郎が目を凝らすと、

「人助けですよ。困っている庶民の頼みを聞いてやるんです」

「人助けと申してもな……困っている者は江戸中におろうが、どうやって彼らの訴えを聞くのだ。屋敷の門に看板でも掲げるのか」

京四郎は首を傾げた。

「お任せください。夢殿屋には、いろんなネタが持ちこまれるんですよ」

松子が答えると、

「さては親切の狙いはそれか。おれを読売のネタにしようと思っておるのだな」

小鼻を鳴らした京四郎であったが、

「ご名答です。読売屋ですもの……で、おやめになりますか」

悪びれずに認めるのが松子らしい。

「いや、やろう。松子が持ちこむ人助けなら、いかにもおもしろそうだ……などと申したら不謹慎かな」

「いえいえ、おもしろいと感じれば、やる気が出るものですよ。それと、報酬はどうしましょうか」

松子は算盤玉を弾く真似をした。

「報酬は松子に任せる。ただし、ひとつ条件がある」

「どうぞ、おっしゃってください」

「松子でも依頼人でもかまわぬが、人助けするたびに、なにか美味いものを食わせてくれ。高級料理屋の豪勢な食膳などではない。真に美味いものだ」

京四郎は空を見あげた。

「わかりました」

ふたつ返事で、松子は引き受けた。

二

四日の朝、さっそく松子は、

「京四郎さまに、ぜひともお助けいただきたい娘さんがいるんですよ」

と、人助けの依頼を持ちこんだ。

松の木陰で涼む京四郎が、ニヤリと笑った。

「困っている娘か……やけにおれを煽《あお》るな」

「煽っているんじゃありませんよ。京四郎さまの義俠心《ぎきょうしん》を呼び起こしているのですよ」

松子が返すと、

「それを煽りと言うのだ」

京四郎の指摘に、松子はペロリと舌を出した。それでもめげないのが、松子である。

「娘さんと待ちあわせのお店、美味しいお酒とお料理が評判なんですって。なかでも蕎麦は絶品とか」

松子は蕎麦を手繰《たぐ》る格好をして、無類の美食家である京四郎を刺激した。その手に乗るものかと思ったが、暇を持てあましているうえ、空腹を感じていることもあり、

「わかった、蕎麦を食いにいく」

すぐさま京四郎は立ちあがった。

絶品の蕎麦を食べさせる店は、浅草の風神雷神門近くにある不老庵《ふろうあん》であった。

京四郎は、背縫いを境に左右の身頃《みごろ》、袖の色や文様が異なる片身替わりの小袖を着流している。左半身が浅葱《あさぎ》色地に真っ赤な牡丹《ぼたん》、右半身は紅色地に龍が金糸で縫い取られ、紫の帯を締めていた。人目を引く華麗な装いは、とうてい浪人には見えない。

加えて、儒者髷を調える鬢付け油と小袖に忍ばせた香袋が、甘くて上品な香りを漂わせてもいた。

きりりとした面差しと相まって、たしかに将軍家の血筋を感じさせる。

暖簾をくぐって店内に入ると、蕎麦汁の香りが鼻先をかすめ、期待を高めさせる。小あがりの座敷は半分ほどが埋まり、蕎麦のほかにも酒、肴《さかな》が並んでいる。肴は、蕎麦味噌はもちろん、天麩羅《てんぷら》やかき揚げ、鯉の洗い、鯉こく、鯊《はぜ》の甘露煮などが豊富にそろい、なるほど松子が言うように料理も充実しているようだ。

が、嫌な予感もする。

えてして品数の多い料理屋には、ずば抜けて美味いものはないのだ。

絢爛《けんらん》な片身替わり小袖を着流した京四郎はその場で浮いているが、小粋な所作は蕎麦を食するにふさわしい雰囲気を醸しだしてもいる。

「お二階でお召しあがりください」

当然のように、松子は勧めた。

女中に二階座敷に注文を取りにくるよう言いつける様子は、さながら店の女将のようだ。女中も嫌がる素振りはないどころか明るい声で応じ、松子に好意を抱いているように見える。

軽い足取りで階段をあがり、突きあたりの座敷に入った。注文を取りにきた女中に、松子は盛蕎麦を頼んだ。

「蕎麦日和か」

京四郎はつぶやいた。

開け放たれた窓には簾《すだれ》が掛けられ、真夏の陽光を遮っている。簾が斑模様《まだらもよう》となって、座敷に影を落としていた。

簾の隙間からのぞく青空に真っ白な入道雲が光り、遠く富士の雄姿が見られた。夏とあって雪をいただいていないため、優美さは衰えているものの雄渾さが際立っている。

「お気に召しますかしら」

心配そうな台詞を吐きながらも、松子の表情は自信に溢《あふ》れている。

よほどこの店の蕎麦を気に入ったのだろう。それなら信用してもよさそうだが、京四郎は松子の舌をあてにはしていない。

とはいえ、短い付き合いではあるものの、おそらく松子は味音痴ではない。さまざまな店で飲み食いをしているだけあって、むしろ舌は肥えているだろう。

松子の味覚を疑っているのではなく、京四郎は自分の舌しか信じないのだ。美味い、不味いは、あくまで自分の味覚で決める。

やがて、蕎麦が運ばれてきた。お盆に載せられた蒸籠《せいろ》が、ふたりの前に積まれる。おのおの五枚だ。

艶《つや》めく蕎麦に、

「美味しそう」

両手を小さく打ち鳴らし、松子は感嘆の声をあげた。男勝りの松子に、娘らしさを感じさせる瞬間だ。

「見てくれはいいな」

という京四郎の評に、

「見てくれだけじゃなくって、本当に美味しいんです」

むきになって松子は言いたて、洗い髪を手で掻きあげた。

「百聞《ひゃくぶん》は一見……いや、一食にしかずだな」

京四郎は汁に刻み葱を入れ、山葵《わさび》を溶かすと、箸で蕎麦をつまんだ。まずは鼻先に持ってゆく。

すると、京四郎の眉間にわずかながら皺が刻まれる。それでも、蕎麦を啜りあげ、二度、三度咀嚼をして飲みこんだ。

松子が期待のこもった目を向けてくる。

京四郎は、汁の入った椀と箸をお盆に置いた。

「あら、お気に召さなかったようですね」

意外な顔で、松子は声をかけた。

「不味いな」

あけすけに酷評をくだしたばかりか、京四郎は顔をしかめた。京四郎が気に入るのを見越して五枚重ねた蒸籠が、いかにも勿体《もったい》ない。

「風味といい歯応えの物足りなさといい、なっておらぬな。濃い目の汁に頼りきった蕎麦だ。これでは、喉越しという蕎麦本来の味わい方ができぬ。そなたのように、牛が草を食うがごとく、もぐもぐと咀嚼するのなら美味かろうがな」

蕎麦ばかりか、松子の食べ方まで京四郎はけなした。

「悪かったですね。物はよく噛んで食べないと胃に悪いのですよ。それに、お育ちのよい方は食べ物を粗末にしますね。今日の食にもありつけない民も珍しくないというのに。貴人に情なし、高貴なるお方は庶民の暮らしがわからないのですよ。お上の政は、庶民を助けることにあるのじゃないですか。食べ物を粗末にするお侍が多いって、目安箱に投書してやろうかしら」

お勧めの蕎麦をけなされたのがよほど悔しいのか、松子は幕政批判までした。

目安箱とは、将軍徳川吉宗が庶民の声、訴えを聞くために設置した投書箱だ。誰でも投書できるが、訴状には名前と住まい、つまり素性をあきらかにしなければならない。吉宗は直接、投書に目を通し、優れた提案は実行する。

その好例が、無料の医療施設、小石川養生所の設立である。

松子の機嫌を取るわけではないが、たしかに食べ物を粗末にはできない。

「不味いが……そなたの言うとおり、食べ物を残すのはよくねえやな」

京四郎は覚悟を決めたように箸を取り、猛然とした勢いで蕎麦を手繰りはじめた。一心不乱に蕎麦を食べる様子は、まるで剣術の稽古で木刀を振っているかのようだった。

松子が目を丸くしているなか、京四郎はあっと言う間に蕎麦を平らげた。

「あ～あ、不味かった」

京四郎がよけいなひとことを発したところで、女中が入ってきた。

「いかがでしたか」

愛想笑いとともに、京四郎の着物を「すてきなお召し物ですね」と賞賛した。

京四郎が酷評を口にする前に、

「とっても美味しかったですよ。京四郎さまも、あっと言う間に召しあがりましたわ」

松子は満面に笑みを浮かべ、京四郎の前に重ねられた蒸籠を示した。きれいに食された蒸籠を、女中は笑みを深めてさげてゆく。

ぬけぬけと二枚舌を弄する松子は、まさに読売屋が適職だろう。

女中はお辞儀をしてから、

「お連れさまがいらっしゃいました」

と、相談者の娘が現れたことを告げた。松子はお汁粉を注文し、娘を呼ぶよう頼んだ。ほどなくして、娘がやってきた。

白地に朝顔を描いた小袖に紅色の帯を締め、歳のころは十八、九といったところか。勝山髷を飾る銀の花簪が、簾越しの陽光にきらりと光った。

しおらしい様子で、娘は末《すえ》と名乗った。

「別嬪《べっぴん》さんでしょう」

お末の緊張を解そうとしてか、松子は陽気に言った。

実際、目鼻立ちが整い、男ばかりか女も二度見してしまうような美人だ。浅草の奥山にある水茶屋の看板娘だ、と松子は紹介したが、なるほどとうなずける。

松子はお汁粉を勧めたが、お末は食べようとしない。無理に勧めることもなかろうと、

「京四郎さま、お末ちゃん、男にひどい目に遭ったんですよ」

お末に代わって相談内容を話した。

それによると、お末には近々、祝言を挙げる予定の男がいたらしい。

「直参旗本の次男坊、太田《おおた》源三郎《げんざぶろう》さまだそうです」

松子は明かした。

京四郎は黙って話の続きをうながす。

「町人の身で旗本の次男に嫁入りすることはできないんで、養女に入る御旗本も了承してくださったそうですよ」

松子の説明に、お末はこくりとうなずいた。

そこまで準備が整いながら、源三郎は突然、この縁談はなかったことにしてくれ、と言いだしたのだった。

「どうしてだ」

京四郎は問いかけた。

「親戚一同の反対だそうです」

消え入るような声で、お末は答えた。

「なにをいまさらってことだな」

するとと松子が怒りの表情で、

「その言いわけが本当だったとしても、じつにだらしない男なんですけど、どうも実際は違うらしいんですよ」

と、言葉を添えた。

「ほう、そうかい」

京四郎が興味を示すと、松子はお末を横目に、

「太田源三郎って男、女にだらしないって言うか、あっちこっちの娘に言い寄っては、うまいことばっかり言って、女を食い物にしてきたんだよ。まったく、侍の風上にも置けない、男のくずですよ」

と、悪しざまに源三郎を罵《のの》った。

お末の目から、大粒の涙が溢れ出る。

松子はお末の肩を撫でて慰めながら、

「許せないでしょう」

と、京四郎に同意を求めた。

「まあ、たしかに悪どい男だな」

「お末ちゃん、京四郎さまが味方になってくれるよ」

松子がお末に語りかけるのを聞き流して、京四郎は言った。

「立ち入ったことを聞くが、男女の契りは済ませたのだな」

お末はほんのりと頬を赤らめはしたが、力強く首を縦に振った。

「太田源三郎……ひでえ野郎だ」

京四郎はいたわるように懐紙を手渡した。お末は懐紙で涙を拭うと、

「いったんは破談を承諾しました。わたしは、とても御旗本に嫁ぐような女じゃありませんから……水茶屋で働く娘が、源三郎さまの嫁になんかなったら太田家の体面にかかわると、親戚のみなさまが反対なさるのは当然だと思ったのです……」

源三郎は手切れ金だと言って、十両をくれたという。

「十両で関係を済ませようというのか」

京四郎は顔をしかめた。

続いて松子も、

「女たらしのうえに、どけちなんだね。そんな男、むしろ別れてよかったよ

……あ、いや、きっちりと仕返しをしてやらないといけないけどさ」

京四郎から話の続きをうながされ、お末は口を開いた。

「申しましたように、わたしも一度は諦めたんです。とてもつらかったんですが、源三郎さまの別れ話を受け入れたのです」

ここでお末は感情が溢れたようで、言葉を詰まらせた。松子が励ましの言葉を送る。お末は涙をしゃくりあげてから、話を再開した。

「手切れ金を受け取って、三日と経たないころです。おとっつあんの用事で両国にお使いに行ったんですが、源三郎さまは娘を連れていました。身形《みなり》からして町娘です。町娘に簪を買ってやり、楽しそうに語らっていたんです」

悔しそうに、お末は唇を噛んだ。

「はなっから、おまえさんと夫婦になる気なんてなかった。つまり、遊びだったってわけだ」

京四郎が確かめると、

「そうです」

お末はきっぱりと断定した。

「源三郎って奴、ひどい野郎ですよ。じつは、あたしも夢殿屋にネタを持ってくる連中に、源三郎の評判を聞いてまわらせたんですよ」

松子が言うには、源三郎は旗本の次男坊、三男坊仲間とつるみ、昼の日中から酒を飲んで賭場にも出入りしているそうだ。

お末は顔をどす黒く膨らませ、

「源三郎を、源三郎を殺してください……いえ、すみません、言葉が過ぎました。いまは殺したいくらい恨んでいますが、さすがに命までは……でも、源三郎はきっとわたし以外の女も、ひどい目に遭わせています。あいつのせいで、大勢の女が涙を流していると思います。これ以上、不幸せな女を出さないためには、やはり……」

と、逡巡のあげく、太田源三郎を殺してほしいようだ。

松子が目を向けてきて、京四郎は口を開いた。

「懲らしめてやるのならともかく、命を奪うのはどうもな……」

「なけなしのお金で、ひとりの憐れな娘が頼んでいるんですよ。望みを叶えてやろうじゃありませんか」

「とはいえ、人を殺すことまで請け負うことはできんな。せいぜい痛めつけ、髷でも切って表を歩けないようにするくらいがよかろう」

「深手を負わせたって、傷は時が経てば癒えるんですよ。髷だって生えてくるんです。でも、お末ちゃんが負った心の傷は、一生治らないかもしれませんよ」

あくまで松子は、お末の肩を持つつもりのようだ。

せつない目でお末は京四郎を見ていたが、

「駄目なんですか」

と、ふたたび涙を滲ませる。

「駄目だな。殺しは請け負えぬ」

京四郎が厳しい声で断ずると、

「話が違うじゃありませんか」

お末は険しい目を、松子のほうに向けた。

「京四郎さま、いまさら、それはないですよ」

とりなすように松子が言ってくるのを、

「殺す約束をした覚えはない。話を聞くことを承諾しただけだ」

平然と京四郎は受け流す。

「もう、いいです。お手間、取らせました」

着物の袖で涙を拭うと、お末は立ちあがった。

「おかしな考えは起こすな」

京四郎の言葉には耳を貸さず、お末は座敷から出ていってしまった。

なおも諦めがつかないのか、松子のほうは、京四郎を説得にかかった。

「相手はひどい奴なんですよ。のさばらせたら、お末ちゃんみたいな娘が増えます。弄ばれたあげくに、犬、猫みたいに捨てられるんです。御奉行所を頼ろうにも、旗本の次男坊じゃ手が出せないじゃありませんか。まさしく、徳川京四郎、いえ、徳田《とくだ》京四郎の出番じゃございませんか。なのに、旗本の威光に尻込みしちゃって……あたしゃ、京四郎さまを見損ないましたよ。情け深い、弱きを助け強きをくじく、義侠心に溢れるお方だと思ってたのに……ああ、わたしに見る目がなかった」

立て板に水の勢いでまくし立てた松子にも、京四郎は無反応で横を向く。

松子は、お末が箸をつけなかったお汁粉を搔きこんだ。が、餅を咽喉に詰まらせたのか、むせ返る。苦笑混じりに京四郎は、手で背中をぽんぽんと叩いてやる。

真っ赤な顔で松子は餅を飲みこむと、

「この世の悪党を懲らしめてやりましょうよ。お願いです。あたしはか弱い女ですから、読売、つまり筆でもって悪党と戦いますよ。ですから京四郎さまは、武士の魂の刀でやっつけてください。世直しに立ちあがりましょう」

と、いっそうの熱を帯びて頼んだ。

「おおっと、おれは世直しをするようなご立派な男じゃないぜ」

京四郎は右手をひらひらと振った。

「世直しは言いすぎました。そんな大それたことは考えてはいませんがね、泣き寝入りしている弱い者の役に立とうじゃありませんか。世の法や法度の網を逃れ、のほほんと暮らしている悪党どもを、懲らしめてやるんですよ」

「悪党退治に金を受け取るのか」

京四郎の言葉を批難と受け止めたのか、

「そりゃ、危ない橋を渡るんですからね。多少の駄賃はもらわないと」

両目を見開き、松子は鼻にかかった声を出した。心なしか甘えたような物言いである。

「駄賃を受け取ったうえに、読売の記事にしようって魂胆だな」

京四郎が見透かすと、

「読売屋は生業《なりわい》ですからね」

悪びれずに松子は認めた。

「もう一度、言う。殺しはやらん」

京四郎は釘を刺すように断った。

三

そのころ、不老庵の一階座敷でちょっとした騒ぎが起きていた。酔っ払い同士が暴れだしたのだ。女中たちは、おろおろするばかりだ。

喧嘩沙汰は、大工らしき者たちとやくざ者たちの間で起きていた。

喧嘩の常として、どちらかが足を踏んだ、踏まないといった些細な原因である。それが、謝る、謝らないで揉めだし、酔いが争いを増長させ、とうとう手がつけられないほどに発展したのだ。

男たち数人が入り乱れ、つかみあいの喧嘩にまでなり、刃物まで持ちだすありさまとなった。

大工は鑿《のみ》、やくざ者が匕首《あいくち》を持ち、互いに相手を威嚇した。

他の客たちは気圧されるように、店の片隅に身を寄せた。女中のひとりが番屋に走った。

「野郎」

「てやんでえ」

入れこみの座敷で両者が入り乱れ、銚子、猪口、皿を蹴飛ばした。ところが、修羅場が繰り広げられる座敷の真ん中で、我関せずとばかりに飯を食べている男がいる。

表看板は蕎麦屋だが飯も食わせ、酒も飲ませる不老庵ならではの光景だ。

男は食べているというよりは、掻きこんでいるといったほうがいい。飯を山盛りにした丼を左手に持ち、沢庵、めざしといった貧相な食材で、忙しげに箸を動かしていた。

食べっぷりを表すかのように巨体である。岩のような巨軀、というより、相撲取りと言うべきか。現にこの男、髷を力士風に結い、白絣の浴衣、見るからに力士然としている。

喧嘩沙汰の真ん中でひたすら飯を食べる姿は、一種異様であった。初めのうちは大工ややくざ者も相撲取りを気にして避けていたが、熱を帯びるにしたがい、そんな余裕はなく、ところかまわず暴れだした。

こうなると、相撲取りに危害が及ばないほうが不思議だ。

案の定、

「邪魔だ。どきやがれ」

やくざ者が鬱陶《うっとう》しそうに罵声を浴びせた。相撲取りは知らん顔で箸を止めない。

「どけってんだ」

とうとう、やくざ者の身体が、相撲取りにぶつかった。相撲取りは微動だにしなかったが、やくざ者の足が飯櫃に入った。

途端に、相撲取りの形相が一変した。

白い肌が真っ赤に染まり、小さな梅干のような目が大きく見開かれた。

「おまはんら、ええかげんにしなはれ！」

怒鳴った言葉は上方訛りだった。

二階座敷にも喧嘩騒ぎが聞こえてきた。

「いやですね。無粋な連中が暴れていますよ」

松子は顔をしかめた。

「放っておけ」

関心を示さぬ京四郎を見て、松子も無視を決めこんだが、騒ぎは大きくなる一方である。

「ちょいと見てきますよ」

とうとう、松子が立ちあがった。

「物好きだな」

失笑を漏らす京四郎に、

「そうでなきゃ、読売屋は務まりませんよ」

軽やかな足取りで、松子は座敷を出ていった。


相撲取りに怒鳴られ、やくざ者も大工も一瞬ぽかんとしたが、

「てめえのほうが邪魔なんだよ。でけえ身体をどかしな。じゃねえと、ぶすっといくぜ」

匕首を振りかざし、やくざ者が凄んだ。

「さっきから、でけえ面《つら》して飯なんか食ってやがって」

大工も矛先を相撲取りに向けた。

これを潮に、男たちの怒りは相撲取りに向けられた。相撲取りもせっかくの食事を台無しにされ、憤怒に身体を打ち震わせている。

「おまはんら、許さへんで」

相撲取りが立ちあがると、まわりの男たちは息を呑んだ。天井につかえるのではないかというほどの長身だ。六尺では済まない。七尺には満たないものの、それに近かった。

まるで、小さな山が動いたようだ。

相撲取りの巨体を目のあたりにし、男たちはうろたえたようにあとじさった。が、それも束の間のことだった。

いまさら引っこみがつかなくなったのか、やくざ者が匕首を振りまわした。

「やりまっか。怪我しますで」

相撲取りは、どすの利いた低い声を発した。

「野郎！」

やくざ者が匕首を持ち、突進した。

相撲取りの動きは速かった。巨体には似あわぬ敏捷さだ。

横っ飛びに匕首を避けると、つんのめったやくざ者の右頬に張り手を食らわせた。まるで、蝿を追い払うような軽やかさだ。が、張り手が当たった瞬間、やくざ者は吹っ飛んだ。

まさに、吹っ飛んだという表現がぴったりだった。やくざ者は仰向けに宙を舞い、土間に転げ落ちた。呆けたように仲間の姿を見ていたやくざ者たちだったが、気を取り直し、匕首を腰だめにして相撲取りに殺到した。

「やめなはれ」

相撲取りは右手と左手に、それぞれひとりずつ襟首をつかみ、他の連中に投げつけた。

男たちは算を乱した。

「野郎！」

「まだ、やるかね」

「……覚えてやがれ」

男たちは捨て台詞を残し、店から出ていった。

松子は興味津々の目で相撲取りの暴れっぷりを見ていたが、喧嘩が終わったところで板場に向かって、

「塩だよ。塩を撒いておくれな」

と、興奮気味の声を発した。

主人の嘉平《かへい》が、男たちが出ていった間口に塩を撒きはじめた。

「助かったよ。すまなかったね」

振り返った嘉平は、男たちを撃退してくれた礼を、相撲取りに言った。

「わしもかっとなってしまって、すんまへん」

相撲取りは照れくさそうに頭を掻いた。

「そんなことありませんよ。ほんと、助かりましたよ」

当然のように松子も口をはさんだが、不老庵とは無関係の客であるにすぎない。

「じつは旦那さん……」

そこで相撲取りは両手をついた。松子が怪訝な表情で、

「どうしたの」

「わし、一文も持ってまへんねん」

相撲取りは情けなさそうに肩を落とした。しおらしく身体を小さくしている。

嘉平はにっこり微笑み、

「どうぞ、思う存分、召しあがってくださいな。ご飯とお味噌汁、それに、鰯の焼いたのを持ってきておくれ」

と、板場に声をかけた。

「すんまへん」

「困ったときはお互いさまさ。わしは、ここの主人で嘉平といいます」

嘉平は微笑んだ。

「わしは、助右衛門《すけえもん》と申します」

「やっぱり、相撲取りかい」

松子が確かめると、

「昨日までは」

「なにかわけがありそうだね」

松子が興味を示した。読売屋の性分を丸出しだ。

「ええ、まあ」

身の上話をしようとしたとき嘉平が、

「話はあとで。まずはご飯を」

と、食事を運ばせた。味噌汁の香ばしい香りがし、湯気が立った飯櫃が運ばれてくると、助右衛門の目尻がさがった。関心がすっかりと飯に向かったのか、口を閉ざしている。

そこへ、京四郎が二階からおりてきた。

京四郎は助右衛門に目をやりながら、松子とともに調理場に入った。

「なんだい、あれ」

京四郎が聞くと、

「助右衛門さんていう相撲取りなんだけどね」

松子はいままでの経緯を説明した。

「じゃあ、あいつ、はなっから無一文を承知で飯を食いにきたんじゃないか。ふてえ野郎だな」

批難めいたことを言ったものの、助右衛門自体には好感を抱いたようで、京四郎の顔つきは楽しそうだ。

「この店が危ないところを助けてくれたんですよ。強いのなんのって」

しきりと松子は、助右衛門の強さを絶賛した。

「ところで、お末はどうするだろうな」

太田源三郎殺しは断ったが、お末の身は気にかかる。

「依頼を断られたところで、源三郎に対する恨みが消えるはずもないですよ」

「たしかに、このまま泣き寝入りじゃ、腹がおさまらないだろうな」

京四郎は軽いため息を漏らした。

「なんとかしてやりたいですね」

「言っておくが、おれをあてにするなよ」

思わせぶりな松子の言葉に、京四郎は首をすくめた。

「どこぞで腕の立つ浪人者を探すんだな。金に困っていそうな……」

京四郎が言ったとき、

「あの、すんまへんが～」

入れこみの座敷から、助右衛門の声が聞こえた。

「あいよ～飯だね」

松子が飯櫃に白米をよそって運んだ。

頼まれもしないのに不老庵を手伝っているのは、読売屋として助右衛門に興味を持ったからかもしれない。

「さすがは相撲取りだ。よく食うな」

思わず京四郎がつぶやくと、嘉平が横に来て嬉しそうにうなずく。そして助右衛門に向けて、声をかけた。

「たくさん、食べとくれ。今日は、変なあやがついてしまったから、これで店仕舞いだ。あるだけ食べてくれていいよ」

嘉平もすっかり助右衛門を気に入ったようだ。

「ごっつあんです」

助右衛門は満面の笑顔となった。

「そうだ」

そこで松子が、期待のこもった目を助右衛門に向けた。

ある程度、腹が落ち着いたのか、助右衛門が畏まっていると、松子が猫撫で声で話しかけた。

「助右衛門さん、あんた、昨日まで相撲取りだって言ってたけど、廃業したってことかい」

「そうでおます」

助右衛門はうなだれた。

「よかったら、事情を聞かせてくれないかね」

助右衛門はしばらく黙ってたのち、覚悟を決めたのか、訥々と語りだした。

いったんしゃべりだすと、もともと饒舌な性質なのか口調が速まり、やがては立て板に水のごとくとなった。上方訛りで早口なため、ときおり茶を勧め、話の腰を折りながらでないと事情がつかめないほどだ。

大坂の九条村に生まれた助右衛門は、肥前大村藩《ひぜんおおむらはん》お抱えの力士だったという。

順調に出世し、前頭筆頭にまでなった。それが今月、対戦相手の大関に負けろと、藩の重役から耳打ちされた。

相手は、老中を務める松崎淡路守《まつざきあわじのかみ》のお抱え力士だった。

「公方さまの御上覧による相撲やったんですわ。ご老中さまも面子があったのとちゃいますか。ほんで、わしに負けろいうてお偉いはんが言いなはって」

そのときのことが思いだされたのか、助右衛門は悔しそうに唇を歪めた。

「その相手、ひょっとして嵐山為次郎《あらしやまためじろう》かい」

松子が言った。

「そうでんがな」

助右衛門は大きくうなずいた。

「為次郎はたしか引退したって、今朝の瓦版に載っていたけど」

「そうですわ。わしと取り組みをしましてな」

助右衛門は上役の命令をいったんは承諾したが、土俵で為次郎の顔を見ると、そんな命令は忘れてしまったという。

「いや、忘れたわけじゃねえ。無性に腹が立ったんですわ。為次郎の奴、わしを見くだしたような目をしやがって。その目を見たら、自分がおさえられなくなってしまいましたのや」

立ち合いざま、助右衛門は張り手を見舞った。為次郎は八百長が仕組まれたことで慢心していたのか、油断しきりだった。まともに助右衛門の張り手を食らい、土俵に沈んだ。

「気がついたら、為次郎の奴、土俵に伸びてましたわ。そらもう、大変な騒ぎになりましたで」

土俵は沸かせたが、助右衛門は重役から叱責を受けた。

「わし、ご重役さまにも楯突《たてつ》いてしまったのです。相撲取りが土俵の上で相手を倒して、なにが悪い言うて」

それきり、相撲部屋を飛びだしたのだという。

「ほんで、ここへ来るまでなんにも食わんでおったです。この店の前を通りかかったとき、鰯の焼ける匂いがして、我慢ならなくなって無一文なのに入ってしまいました」

助右衛門は恥ずかしそうに頭を掻いた。

松子はふんふんとうなずき、

「で、助右衛門さん。あんた、これからどうするんだい」

と、問いかけた。

途方に暮れたように視線を彷徨《さまよ》わせ、助右衛門はうなだれた。

「どないしまひょ」

「国には帰らないのかい」

「帰れまへん。わし、十三の歳で、村のお庄屋さんの推薦で大村藩のお抱え力士になりました。おっかあもおっとうも、お庄屋さんにはお世話になってます。いまさら廃業したなんて戻れません」

「つらいわよね」

松子は言ってから、歳を聞いた。

「二十三です」

「えええっ」

思わず驚きの声をあげてしまった。三十過ぎだとばかり思っていたのだ。

「わし、昔から老けて見られるんですわ」

助右衛門がはにかむと、梅干のような小さな目のまわりに赤みが差した。

「国の親御さんも心配だろうね」

「それを考えると、わしもつらいです。なんとか、銭を送ってやらねえと」

　助右衛門は小さな目をしばたたいた。

「そいつは大変ね」

「読売屋さんだそうですが、どこかで働き口をご存じありませんか。わし、なんでもやりますんで」

　訴えかける助右衛門に、

「……本当になんでもするんだね」

　松子は釘を刺した。

「ええ、そらなんでもやりまんがな」

「表沙汰にはできない仕事なんだけどね。弱い者を踏みにじる悪辣《あくらつ》な連中を、裏で懲らしめてやるのさ」

「それは、おもしろそうでんな」

「もちろん、それなりの収入はあるよ」

「ますます、よろしいな」

　目を輝かせる助右衛門に、断るならいまのうちだよ、と松子は念を押した。

「本当にいいんだね」

「任せてください。力仕事、それも腕っ節を必要とする仕事なら、わし向きですわ」

「ひょっとして、人を殺《あや》めなければならなくなるかもしれないよ」

「悪党でっしゃろ。この世に生きていてもしょうがない……いや、生きていないほうがええ連中なら、殺したってかまやしまへんがな」

さっそくやる気を見せ、助右衛門は両手をばきばきと鳴らした。

四

それから半月ほどが経ち、京四郎の屋敷に松子が姿を見せた。不老庵の一件以来、松子とは会っていない。あのあと、助右衛門とどんな会話を交わしたのか、京四郎は知らなかった。

やはり、助右衛門に源三郎殺しを依頼したのだろうか。

くわしい事情を聞こうと思ったが、現れた松子の顔には切迫したものがあった。

「大変なことが起きました。お末ちゃんが殺されたんですよ」

「……なに……」

本当か、と問い直すまでもない。よもや松子が嘘を言うはずはないだろう。

べつに京四郎のせいではないのだが、なんとも後味の悪さを感じた。

「下手人は捕まったのか」

「まだです」

松子は唇を噛んだ。

「どんな具合だったのだ」

京四郎の問いかけを受け、松子はおもむろに語りだした。

お末は昨日の夕暮れ、水茶屋の仕事を終えると出かけていったという。

そして、それきりとなった。遺体が発見されたのは、浅草寺の裏手。心の臓をひと突きにされていたらしい。

「物盗りじゃないってことは、財布が残っていたことからはっきりしていますよ。乱暴された痕跡もなかったそうです」

「ひょっとして、源三郎の仕業か」

「いえ、そうではないと思うのですが……」

今日の不老庵は、半分ほどが客で埋まっていた。入れこみの真ん中には、岩のように大きな男、すなわち助右衛門がいる。

松子とともにやってきた京四郎は、ちらりと助右衛門のほうに目をやり、腰を据えた。

さっそく嘉平が寄ってきて、助右衛門を褒めあげる。

「喧嘩騒ぎがあった翌日から、働いてもらっているんですよ。薪割をしてくれたり、重い物を運んでくれています。うちばかりか、ご近所から持ちこまれる薪も割ってくれるんで、とっても重宝がられていますよ」

助右衛門は大きな身体を恐縮するように縮みこませ、

「わし、旦那さんや松子の姉御と知りあえて、よかったですわ。あのままでは野垂れ死んでいたかもしれません。飯も食べさせてもらって、ほんとありがたいことですわ。ところで、お侍さまは……」

頭をさげてから、助右衛門は京四郎を問いかけるように見た。

派手な片身替わりの小袖を着流した異形《いぎょう》の侍に、興味を抱いたようだ。

そう言えば、名乗ってはいない。丁寧に対応されては挨拶を交わさないわけにもいかず、

「おれは、徳田京四郎と申す。天下の素浪人だ」

と、市井を歩く際の偽名を告げた。

さすがに徳川京四郎を名乗ってはまずい。幕府から咎められるのは平気だが、京四郎を知らぬ者に、無用の恐れを抱かせたくなかった。

助右衛門は感心したようにうなずき、

「ご出身はどちらです」

悪気はないのだろうが、気に障《さわ》る問いかけだ。

「どこでもよいではないか」

京四郎が気を悪くしたのではないかと危ぶんだのか、助右衛門は口を引き結んでぺこりと頭をさげた。京四郎も空気が重くなったのを察知し、

「そうだ、一杯やろう。それとも、昼の日中に酒を飲むのは憚《はばか》られるか」

と、松子を見た。

たまにはいいじゃありませんか、と松子は手早く酒と肴を注文した。

嘉平から徳利と蕎麦味噌を受け取り、助右衛門を呼び寄せると、京四郎と一緒に猪口を差しだす。

「助右衛門には小さすぎるぞ」

京四郎の指摘に、

「こりゃ、気がつきませんで」

松子は嘉平に、丼と五合徳利に入った酒を頼んだ。

丼と酒が届く間、

「お末ちゃん、殺されたんだよ」

打ち明けるようにして、松子はお末の死を説明した。

助右衛門は目をむき、

「ええ！」

と、驚きの声を発した。

お末のことを知っているということは、やはり松子から源三郎殺しの依頼を受けたのだろうか。

京四郎が口をはさむ前に、五合徳利に入った酒と丼を嘉平が持ってきた。

だが、助右衛門は飲む気になれないようで、受け取った丼は畳に伏せた。

少しの間、沈黙が続いた。

すると、松子を訪ねて男がやってきた。

松子は立ちあがり男のそばに寄ると、なにやらやりとりをした。礼を言って銭を与えたところからして、どうやら、ネタ集めに雇っている連中のひとりらしい。

さっそく松子は京四郎のそばに戻り、

「奥で話しましょうか」

と、京四郎と助右衛門を店の奥へと誘った。

奥の座敷に入ると、京四郎は松子と助右衛門を見据えた。

「さて、くわしく話してもらおうか」

逡巡している助右衛門を前に、松子のほうが話しだそうとしたが、

「いや、やっぱりわしが」

と制して、助右衛門が語りだした。それによると、あのあと助右衛門は、やはりお末の頼みを聞いてあげることにしたらしい。

「あの源三郎って男は、ひでえ奴でんがな。いたいけな娘の一生をめちゃくちゃにしましたのや。そんでわしは、娘の願いを叶えてやったんですわ」

あたかも善行を積んだように話す助右衛門を見て、京四郎はちらりと松子に視線を移した。

若干、気まずそうな表情を見せ、松子は顔をそむける。

助右衛門が頼みを聞いてくれると知って、当然ながらお末は喜んだという。

「その数日後のことです」

その日、助右衛門は浅草寺の裏手にある太田屋敷の前で、源三郎が出てくるのを待っていた。やがて姿を見せた源三郎は、止めてあった駕籠に乗り、吉原に向かった。

幸い駕籠の進みはゆっくりで、しばらくあとをつけていると、八丁土手の途中で、用を足したくなったのか源三郎が駕籠から出た。

「そこを襲ってやったんですわ」

「……殺したのか」

京四郎は声をひそめた。

「結果的には、そういうことですわ」

「どういうことだ」

「殺すつもりはなかったんです……」

お末に会った際、助右衛門は松子と一緒になって、必死に説得を重ねたのだという。

憎む気持ちはわかるが、なにも殺すまではしなくていいんじゃないか、と。

「いくらなんでも、命まで奪うのはやりすぎですから」

大きな身体で懸命に語りかける助右衛門の姿が、瞼《まぶた》に浮かんでくる。

「それで、お末は納得したのか」

京四郎は、松子と助右衛門を交互に見た。

「それが、どうしても殺してほしいって……」

松子の言葉に、助右衛門も同意した。

「いくら説得しても、殺してくれの一点張りで」

そのときの情景が浮かんできたのだろう。助右衛門は眉間に皺を刻んだ。

「それで、こう持ちかけたんですよ」

半殺しにしてやる。二度と女遊びができない身体にしてやる。だから、それで我慢しろ、とふたたび諭《さと》したのだという。

「それで……」

京四郎が目で先をうながすと、これには助右衛門が答えた。

「ほんで、なんなら、金も半分の五両でええと言うてやったんですわ」

「お末は承知したのか」

「いいえ」

松子が首を横に振った。

「よほど、源三郎への恨みが深いんだな」

お末が傷つけられたのはわかる。源三郎を恨んで当然だ。殺したいとも思うだろう。だがたいていの人間は、殺したいくらいに憎い奴がいても、罵声を浴びせたり脅したりするのが関の山である。

ましてや、お末はうら若き娘だ。源三郎を殺すことに執着するのには、なにか違ったわけがあるのだろうか。

すると、

「お末ちゃんがそこまで殺しにこだわるのが、気になったんですわ」

助右衛門も京四郎と同じ疑念を抱いたようだ。

「それで、理由を確かめたのか」

京四郎の問いかけに、助右衛門は首を縦に振り、ため息を漏らした。

「お末ちゃん……源三郎の子をはらんでいたんですわ」

「そのことを、源三郎は知っていたのか」

京四郎は目を凝らした。

「知っていました。源三郎はお末ちゃんから、お腹の子のことを聞いていたそうですわ」

助右衛門の言葉を引き取り、松子は怒りの表情で続けた。

「源三郎の奴、それを承知でお末ちゃんを捨てたんですよ。しかも、腹が立つじゃありませんか。どうせ、どこかほかの男の子種だろうなんて、馬鹿にしたようになじったそうなんですよ」

両目をつりあげ、松子は言いたてた。

「そうまで言われちゃあ、頭にのぼった血がさがることはないな」

「こっちもそこまで聞いちゃあ、殺しを引き受けないわけにはいかない」

結局、十両で源三郎を殺すことを請け負ったという。

「それで、どうしたのだ」

京四郎の問いかけに、助右衛門が右手をさすりながら答えた。

「張り手をかましてやったら、山谷堀に落ちたんです。やっぱり、いざとなったら殺しは躊躇しましてね。もしかしたら、気を失ったまま溺れ死んでしまったかもしれませんが、いずれにしろとどめは刺さないつもりでした」

「なるほどな。で、お末は喜んだか」

「おそらく堀に落ちて死んだと思う、と多少おおげさに伝えたら、喜んではくれましたよ。十両もちゃんとくれました。これで、お末ちゃんの恨みも晴れたと思ったんですがな……それなのに、お末ちゃんまで死んでしまうなんて」

お末の死に思いを寄せ、しんみりとなった助右衛門であったが、ふと京四郎におのれの所業を責められていると感じたのか、語気を強めた。

「……京四郎さま、わしは間違ってますか。わしを責めるんですか」

「責めてはおらぬ。だが、もし源三郎が死んでしまったのであれば、やはり、やりすぎだとは思うがな」

「やっぱり、責めておられるやないですか」

助右衛門は拗《す》ねたように巨体をよじらせた。

「まあ、それはともかくとして、お末はなんで殺されたんだろうな」

そこで京四郎は、疑問を口に出した。

「物盗りじゃねえんですよね。乱暴されたんでもねえとすると、いったい……」

助右衛門は小首を傾げ、ぽつりと漏らした。

「可哀相や」

「おまえのせいではない」

京四郎の慰めに、

「そやかて、せっかく望みが叶ったのにですよ。その矢先に殺されたやなんて」

助右衛門は小さな目に涙を滲ませた。なんとも感情の起伏の激しい男だ。

すると、松子がふと疑問を投げかけた。

「本当に殺されたんですかね」

「どういう意味だ」

「自害したんじゃないですか」

源三郎を殺したことで望みが叶ったが、いくら憎んでも憎みきれない相手とはいえ、命まで奪ったことに罪悪感を抱き、自分も死ぬ気になったのではないか。

松子はそう推測した。

「考えてみなよ。憎んでたとしても、一度は愛おしいと思った男を殺したんだよ。罪の意識に苛《さいな》まれても、不思議じゃないね」

松子が京四郎に視線を向ける。考えが聞きたいのだろう。

「自害とは思えぬな……」

確証はないが、京四郎は断言した。

「おや、旦那はそうじゃないって言いたいんですか」

松子は京四郎に反論されたことが意外なようだった。

「お末は源三郎の子をはらんでいたんだろう。お腹の子のことを考えはしなかったろうか」

「そりゃそうだね。お腹の子のためにも、女なら生きようとするね」

たちまち松子は自説を引っこめた。

「ほんならやっぱり、殺されたってことですか」

助右衛門の言葉に、

「そういうことになるな」

京四郎は結論づけた。

となると、

「いったい誰に……」

松子の疑問は当然だろう。

「京四郎さま、お末ちゃんを殺した下手人を探索しましょうよ」

松子が京四郎の着物の袖を引いた。それをやんわりと振り解き、

「断る」

「どうしてですよ」

「下手人探索は奉行所に任せておけばいい」

さらりと京四郎は言ってのけた。

松子が見やると、助右衛門も賛同するように深くうなずいた。

「やらぬ」

追い討ちをかけるように素っ気なく、京四郎は釘を刺した。

「そんな……旦那もつれないねえ」

呆れたように、松子がつぶやいた。

五

数日後の朝、京四郎は庭に設けた畑の雑草を抜いていた。

さすがに派手な小袖姿ではなく、紺地の小袖に裁着け袴という地味な……いや、まともな武家姿だ。

汗が滴り、小袖は背中にべったりと貼りついているが、気分は晴れやかだ。畑仕事をしていると雑念が払われ、時が過ぎるのを忘れるのだ。

「精が出ますね」

と、松子の声が聞こえた。

「お末殺しの下手人はわかったのか」

手拭いで汗をぬぐった京四郎に、松子は近寄ってきて、

「あら、やっぱり京四郎さまも気になるのですね」

喜んだが、じきに顔を曇らせ、

「さっぱりですよ。でもね、ちょいとくさいと思うのはいるんですよ」

夢殿屋に出入りしているネタ屋が、興味深い情報を持ってきたという。

「ならば、奉行所に知らせればいいではないか」

「それじゃあ、つまらないでしょう」

松子はにっこりとした。

「どうする気だ」

「退治してやるんですよ」

「おまえと助右衛門で退治するのか」

「それができりゃ、旦那のところに来やしませんや」

「どういうことだ」

「相手はひとりじゃないんです。何人もいるようなんですよ。だから、どうしても京四郎さまをあてにしたいのです」

「よくわからんが、気が進まぬな」

「悪党がのさばっているんです。懲らしめてやりましょうよ。じゃあ、とっておきのネタを言いますよ。びっくりしないでくださいね」

ここで松子は、京四郎の興味を引くように言葉を止めた。

「勿体ぶるな」

思わず京四郎は苦笑した。

松子はひと呼吸置いてから、

「じつは、源三郎は生きているんですよ」

思いもかけない展開である。

どういうことだろう、助右衛門はしくじったということか。

「その辺のくわしいところをお聞かせしますので、一緒に来てくださいな」

松子に誘われ、もはや断れなくなった。

京四郎は松子の案内で、根津権現の門前町を抜け、目についた稲荷に入った。

するとそこで、見知らぬ男が待っていた。

「十手持ちの豆蔵《まめぞう》親分ですよ。とっても腕利きで、ありがたいネタを持ってきてくれるんです」

松子が男を紹介した。

「でか鼻の豆蔵でさあ」

二つ名のとおり、豆蔵は豆を思わせる小太りの身体に丸顔、加えて大きな鷲鼻が目立つ。岡っ引稼業……すなわち十手をちらつかせながら、これと目をつけた人物や事件を嗅ぎまわっているのだろう。もちろん、町奉行所の御用も担うが、醜聞めいたネタを集め、松子の読売屋にも売っているらしい。

ネタの正確さもさることながら、野次馬受けする風聞を提供してくれる、貴重な情報源であるらしい。

豆蔵は、鷲鼻をひくひくとさせながら話しはじめた。

「源三郎の亡骸は、どうなっていたと思います。山谷堀に落ち、水中の岩かなにかにぶつかって、見るも無惨な顔になっていたんです。着ている物から源三郎と判断しただけで、顔は見分けがつかなかったんですぜ」

「じゃあ、殺されたのは……」

京四郎は問い直す。

「別の男ですよ」

豆蔵は即答した。

「殺されたのは、源三郎の身代わりということか」

「おそらく、そうでしょうね。源三郎は、自分が殺されたと見せかけたんですよ。実際に死んだのは、太田家の奉公人です。源三郎は放蕩が過ぎ、相当な借財を背負っていました。父親から勘当されそうになったほどですよ。借財は、ほとんどが賭場でこさえたもんです」

「ならば、お末は誰に殺されたのだ。ひょっとして、源三郎の仕業か」

京四郎が問いかけると、豆蔵が答える前に、

「源三郎はお末を騙したんですよ」

怒りの目で松子が言った。

「騙したことは聞いた。夫婦約束をして子どもを作りながらも、あっさりと捨てたのだったな」

「そうじゃなくって、いや、それもそうなんですけど、いまあたしが言った騙しというのは……ええっと」

憤怒が過ぎ、松子は混乱して整理がつかないようだ。

松子に代わって、豆蔵が説明をした。

「そもそも今回の一件なんですがね、とっかかりからして、偽りだったんですよ。源三郎を殺してほしいっていうのは、お末の意志じゃないんです。源三郎自身が

やらせたんですよ」

「なんだと……」

京四郎は松子に視線を向けた。

まんまと騙されました、と松子は恥じ入るようにうつむく。

豆蔵は続ける。

「源三郎はお末に、自分を殺す者を雇え、と頼みました。そしてお末に、太田源三郎は死んだことにして、一緒に江戸から出ていこうって誘いをかけたわけです。ここまで借金まみれになってしまったら、身動きがとれない。しかも親からは勘当されそうだ。いっそのこと死んだことにして借金をなくし、江戸から離れたい。お末と一緒に、生まれ変わったつもりでどこか遠くで暮らそう……とまあ、そんな甘い言葉をかけたのでしょう」

一連の真実を、豆蔵はお末の父親から聞いたそうだ。

お末は父親だけには、源三郎の企てを打ち明けていたらしい。いったんは反対した父親だったが、お末が幸せになるなら、と承知したという。

ところが、お末は殺されてしまった。

怪しいのは源三郎だが、奉行所に訴えても取りあげてはくれないだろう。源三郎は死んだことになっているし、そもそも、旗本家の者を町奉行所は探索できない。

「源三郎は家の奉公人にいくばくかの銭を渡し、自分の着物を着せて駕籠に乗せ、助右衛門に襲わせたというわけか。助右衛門は源三郎の顔は知らないから、騙すのは簡単だったろう」

京四郎が確かめると、

「そういうことです。哀れな奉公人は、助右衛門の張り手で気を失って山谷堀に落ちた。隠れて一部始終を見ていた源三郎とお末は、すぐに奉公人を引きあげてとどめを刺し、自分が殺されたと見せかけるために顔を潰した。これで世間の者は……とくに借財のあるやくざ者たちは、源三郎が死んでしまったと信じるでしょう」

「では助右衛門は、実際には誰も殺してないのか」

「ええ、あくまで、探索の手が伸びてきたときのための用心として、利用したんでしょうな。実際、助右衛門本人は自分が殺したのかもしれないと思っているわけですから、うまくいったと言えるでしょうね」

「ということは、お末は……」

「十中八九、源三郎が口封じのために殺したんでしょう。実際、お末はなんとなく身の危険を感じていたようです。だからこそ、父親にはすべてを打ち明けたのかもしれません……と、そこまではいいんですがね。源三郎の悪運もそろそろ尽きかけているようでして」

にやっとして、豆蔵が声をひそめた。

「お末の父親は、娘の死の復讐のため、あっしにすべてを打ち明けた。ですが、あっしだけじゃなかった。源三郎の汚い企てを、やくざ者たちにも話してしまったようなんです」

「なんだと？」

「つまりは、骨折り損のくたびれ儲けってやつでさあ。せっかく自分が死んだことにして借金をなくそうとしたのに、騙されたやくざ者は怒り狂って源三郎の所在を血眼になって探しているようです。まあ、自業自得ですがね」

「いまごろ源三郎は肝を冷やしているだろうな。生家を頼ろうにも、あいにくとおのれは死んだことになっている」

「そうですな。やくざ者に追われて怖くなった源三郎は、身辺を嗅ぎまわっていたあっしを見つけ、なんと、助けを求めてきたんでさあ」

思いもかけないことを、豆蔵はけろりと言ってのけた。

「なんだと……」

これで何度目か、京四郎はさらに驚きの声を発した。

「それでね、これから源三郎を助けにいってやるんです。江戸の外に逃がしてやるんですよ」

悪びれもせず、豆蔵は言った。

この悪徳十手持ちめ、と内心でくさしつつ見つめていると、さらに豆蔵は言葉を重ねた。

「京四郎さまも手伝ってくださいよ。どうやら、やくざ者たちも、源三郎の隠れ場所を突き止めたようなんです。あっしひとりじゃ、助けるのはとても無理だ」

調子のよいことに、わざとらしい猫撫で声になっている。

「なんでおれが、源三郎などを助けねばならん」

怒りをおさえ、京四郎は言い返した。

「源三郎さまは、江戸の外に逃してくれたら五十両払うって言っているんです。五十両が手に入るんですよ。山分けしましょうぜ」

豆蔵が持ちかけると、そばの松子が視線を送ってきた。

すぐさま断ろうと思った。

しかし、ふと魔が差した。

いたいけな娘を騙し、奉公人を身代わりに立て、人の命をなんとも思わぬ太田源三郎という身勝手な男に、罪を償わせたいという衝動に駆られたのだ。

「……わかった。行こう」

京四郎の心のうちを知らない豆蔵は、頼もしそうな目を向けてきた。

六

夜九つ、京四郎と松子、それに豆蔵は、浅草寺の裏手にある無人寺にやってきた。夜空にくっきりと浮かんだ満月が、火事で焼かれた寺を照らしている。

土塀はところどころが崩れ、本殿は残骸と化していた。雑草と竹林が、あたりを覆い尽くしている。

蟬は鳴きやんでいるものの、藪蚊《やぶか》が飛び交い、生暖かい夜風と相まって不愉快極まりない。

そんなうらぶれた無人寺にあっても、片身替わりの華麗な小袖姿の京四郎は、あたかも千両役者のようだ。左半身の牡丹の文様は優美であり、右半身の虎の文様は猛々しく頼もしい。

「こんなところに、ひそんでいるのか」

京四郎は周囲を見まわした。

「あちこちの商人宿にいたらしいんですがね。ここ数日は、この廃寺に隠れていたそうです」

「たしかによほどの用がなければ、足を踏み入れようとはしないだろうな。それにしてもおまえ……それでも十手持ちか。普通に考えれば、源三郎のような悪党は、奉行所に突きだすべきであろう。おまえにとって十手は、御用ではなく稼ぎ道具なんだな」

たっぷり皮肉をこめたつもりだったが、

「そういうこって」

豆蔵は躊躇《ためら》いもなく認めた。

こんな男とは、これっきりかかわりたくないものだ、と京四郎が顔をしかめていると、鬱蒼《うっそう》と生い茂った草むらを踏みしめる音がした。

「来やがったな」

豆蔵がつぶやく。

姿を見せたのは、手拭いで頬かぶりをした男であった。木綿の着物を着流しただけの、地味ないでたちである。京四郎を見あげ、びくっと首をすくませるが、

「凄腕の先生ですよ。用心のため来てもらったんです。けっして八丁堀の旦那じゃございませんからね」

豆蔵が紹介すると、若干緊張を解いたようだった。たしかに京四郎の姿は、町方の同心には見えないだろう。

「それより五十両、お願いしますよ」

さっそく、豆蔵が右手を出した。

「江戸の外に出てからだ」

吐き捨てるように言うと、源三郎は手拭いを取った。満月に照らされたその面差しは、苦労知らずを示すように蒼白く頼りなげである。

「そうおっしゃらずに、いま出してくださいよ。こちとらも、危ない橋を渡っているんですから」

豆蔵が迫ると、源三郎はしぶしぶと懐に手を入れた。

と、そのとき、

「そうはいかねえぜ」

ぞろぞろとやくざ者が湧いてきた。十人はいるだろうか。

間に合わなかったか、と嘆いた豆蔵は、

「京四郎さま、お願いいたします」

必死の形相で京四郎のほうを見やる。その間にもやくざ者は匕首や長脇差を抜き、京四郎たちを囲んでしまった。

「面倒だ。三人とも殺《や》っちまえ」

やくざ者たちは、いかにも殺気だっていた。

もはやこうなってしまっては、刀を抜くよりないだろう。

だが、京四郎が抜刀するのは、単なる刀ではない。

といって、業物《わざもの》でも名刀でもない。

妖刀村正《むらまさ》……。

その二《ふた》つ名が示すように、不吉で呪われた刀だ。

徳川家康の祖父・松平清康《きよやす》の殺害に使用され、父・広忠《ひろただ》も、この刀によって手傷を負わされた。そして、家康も村正の鑓《やり》で怪我をし、嫡男・信康《のぶやす》自刃の際に介錯に使われたのも村正であった。

さらには、大坂の陣で家康を窮地に追いこんだ真田《さなだ》幸村《ゆきむら》も、村正の大小を所持していたという。

そんな徳川家に禍《わざわい》をもたらす妖刀を、京四郎は八代将軍・吉宗から下賜された。

母の貴恵が没して数日後、紀州藩主であったころの吉宗が弔問に訪れ、京四郎に仕官を勧めた。

だが、京四郎は断った。

その後、吉宗が将軍となると江戸に呼び寄せられ、幕府の重職に就くか、どこかの大名に成るよう勧められた。

そのときも京四郎は断りを入れた。

権力にも財力にも興味はなく、縛られる暮らしはまっぴら御免だからだ。

吉宗は怒りもせず、気が変わったら名乗り出よ、甥である証に刀を与える、と言った。

望みの名刀、業物を問われ、京四郎は村正を所望した。

もちろん、吉宗は村正の伝承を鑑みて躊躇ったが、徳川家に災いをもたらした村正に打ち勝ってみせます、という京四郎の返答を気に入り、授けてくれたのだった。

「申しておく。斬られたくなければ、立ち去れ」

京四郎の言葉を受け、やくざ者のひとりが粋がった。

「てやんでえ、刃物が怖くてやくざが務まるか」

「斬られると痛いぞ……痛いだけでは済まないかもしれぬ。血も流れるしな」

「斬れるもんなら斬ってみろ、この三一《さんぴん》野郎」

凄んだやくざ者は、匕首を振りまわした。

「馬鹿は痛い目に遭わねば、わからぬようだな」

京四郎は冷笑を顔に貼りつかせた。ぞっとするほど空虚で乾いた笑顔である。

やおら、村正を抜き放った。

徳川家を呪った妖気が、やくざ者を威圧した。

気圧されるようにやくざ者の足が止まったが、誰からともなく、

「やっちまえ」

と掛け声がかかり、羊に襲いかかる狼の群れのように、京四郎目がけて殺到した。

「たあ!」

凄まじい気合いをあげ、京四郎が白刃を一閃させる。

「ぐえ」

ふたりのやくざ者が弾け飛んだ。同時に、匕首を持った手が夜空を舞う。血潮が草むらを、どす黒く染める。

血が騒いだが、京四郎の頭の中は冷めていた。

それでも、全身から湯気が立つような活力がみなぎってきた。

やくざ者はそれを敏感に感じ取り、みな浮き足立った。すっかり腰が引け、長脇差や匕首を振りまわし、大声でわめきたてるが、みな目は泳いでいる。

「命が惜しいのなら去れ」

最後の警告を発した。

しかし、意地になったやくざ者は引きさがれぬようで、五人が束になって京四郎に襲いかかろうとした。

「冥途の土産にお目にかけよう、秘剣雷落《ひけんいかずちお》とし」

いつもの伝法な物言いとは違い、凛とした武家口調である。

村正を下段に構えた。

次いで、ゆっくりと切っ先を大上段に向かって摺りあげてゆく。

すると、分厚い雲が満月を隠し、一面の闇と化した。やくざ者はざわめいたが、足がすくんで動けない。

暗黒のなか、村正の刀身が妖艶な光を発し、やがて大上段の構えで止まった。

「ひえ～！」

五人は恐怖に駆られながらも、匕首を手に無闇に突進してきた。

闇夜を切り裂くように、稲妻が奔《はし》った。

そう、それはまさしく一瞬の出来事であった。

五人は血潮を噴きあげながら、ばったりと倒れた。

雲が晴れ、望月が顔を出した。

月光が、やくざ者たちの無惨な骸《むくろ》に降りそそぐ。

「すげえや。さすがは天下無敵の素浪人、徳田京四郎さまだ」

事前に松子にでも聞いていたのだろうか、豆蔵は源三郎を連れ、世辞を言いつつ雑木林から出てきた。

京四郎は豆蔵の言葉には乗らず、

「さあ、行くぞ」

と、豆蔵と源三郎をうながした。

「たしかに、夜が明けないうちに江戸から出ていくのがよろしいですよ。さあ、五十両くださいな」

懐を探ろうとした源三郎を京四郎は制し、

「行く先は江戸の外ではない。番屋だ」

源三郎は口をあんぐりとさせた。

「ちょ、ちょっと待ってくだせえ。そんな必要はござんせんよ。京四郎さまは悪い冗談をおっしゃったんでさあ」

と、媚びるように両手をこすりあわせた。

「ならん。番屋に出頭し、おのれの罪を償うのだ」

有無を言わせぬよう、強い眼差しをふたりに送った。源三郎はうなだれ、豆蔵は唇を噛んでいたが、

「せっかくの儲け話ですぜ」

と、まだ残念そうである。

「駄目だ。お末は、源三郎を信じたすえに、結局殺された。身代わりとなった哀れな奉公人のことも考えろ……豆蔵、おまえも十手持ちなのだろう。犯した罪を償わせるのが、岡っ引の役目であろう。いくら悪徳岡っ引のおまえでも、少しばかりの良心は残っているんじゃないか。岡っ引である以前に、人の道を歩め」

「人の道ねえ……」

豆蔵は肩をそびやかしたが、

「わかりました。京四郎さまの言うとおりにしましょう」

吹っきれたように、明るい声を出した。

もはや逃げ道はないと悟ったか、源三郎はうなだれたまま座りこんでしまった。


事件が解決して数日が経ったころ、京四郎は松子とともに、ふたたび不老庵の二階座敷を訪れた。

「今度こそ、美味しいですよ」

汚名返上がしたい、と松子が強く誘ってきたのだ。自分が推奨した蕎麦を不味いと酷評され、よほど悔しかったのだろう。

盛蕎麦を待つ間、京四郎は問いかけた。

「源三郎はどうなった」

「近々、南町奉行所の御白州で裁かれるそうですよ。打ち首だろうって噂です」

くわしくは明日発売の読売を読んでください、と松子は言い添えた。源三郎は太田家を勘当されたため、町奉行所で無宿者として吟味がなされたのだった。

「これで、お末ちゃんとお腹の赤子も、ちょっとは報われますね」

松子にしては珍しく、しんみりとした顔つきとなったが、

「お待ちどおさんです」

助右衛門が蕎麦を運んでくると、

「もう、お腹がぺこぺこよ」

と、一転して破顔した。

京四郎の前に積まれた蒸籠は、前回同様に五枚、ただし艶やかさがないばかりか、うどんと見紛うほどに太く、しかも千切れている。まったく食欲をそそらないが、濃厚な蕎麦粉の匂いは香り立っていた。

松子のほうを見やると、期待外れだったようで、ばつが悪そうな顔のまま箸を取ろうとしない。

「わしが打ちましたのや」

助右衛門が言った。

照れ笑いを浮かべているが、小さな目は笑っておらず、自信を漂わせていた。

上方出身の助右衛門が打ったから、うどんのような蕎麦なのか……と京四郎は妙に納得したが、ひとまずは味わってみようと箸で蕎麦をつまんだ。

ぶつ切りとなった蕎麦を、何本か汁椀に入れる。とても、手繰るという食べ方はできない。

腰があるというより、硬い……。

啜りあげて喉越しは味わえないが、嚙むごとに蕎麦の風味がじんわりと口中に広がった。山葵を溶かした濃い目の汁に絶妙に絡まり、意外なことにこれはこれで箸が止まらなくなった。

その様子を見て、やおら松子も食べはじめる。

「なによ、これ……硬いわよ……」

まずは文句を言ったが、そのあとは黙々と食べ続けた。

「助右衛門、なんと言おうか……まあ、たしかに美味いぞ」

京四郎が褒めると、

「おおきに」

嬉しそうに、助右衛門はお辞儀をした。

おそらく、力と心をこめて蕎麦を打ったに違いない。見てくれは悪いが、味は絶品。まるで、助右衛門自身のようだ。

ふと、この蕎麦には酒が合いそうだ、と思いついた。

酒の肴にもなるこの助右衛門の蕎麦は、この先、不老庵の名物になるかもしれない。なんとなく、京四郎はそんな予感がした。

「京四郎さまに褒められて、自信が持てますわ」

助右衛門は浴衣の腕をまくった。丸太のような腕がむきだしとなる。

「おれの口には合ったが、人の好みはさまざまだ」

京四郎は忠告めいた物言いをした。

「わしは京四郎さまの舌を信じます」

「おいおい、おれは食通ではないぞ。江戸中の蕎麦を食したわけではないのだ。偏屈な性分ゆえ、むしろ偏った評価であろう」

冷静に自分を品定めする京四郎の言葉に松子はうなずいたが、あわてて蕎麦を啜りあげて誤魔化した。

「ほんでも、京四郎さまは人に媚びたり、顔色をうかがったりなさいません。本音でものを言うお方やと思います。そんなお方に褒められたんやから、素直に喜びます」

「おまえ、意外に世辞がうまいではないか」

京四郎は微笑んだ。

「世辞と違いまっせ。むしろ、わしは世辞が苦手で苦労しましたのや。わしら相撲取りを、お座敷に呼ぶお金持ちもおります。相撲取りのなかには、幇間も顔負けのよいしょをしてご祝儀にありつく者もいます。わしは、いつも座敷を白《しら》けさせました。ほんま、身の置き場がなかったですわ」

助右衛門は手で頭を掻いた。

助右衛門にとって京四郎との出会いは、災い転じて福となす、なのかもしれない。理不尽な八百長を無理強いされ、世辞、愛嬌の苦手な助右衛門には、幇間まがいの接客は言葉以上に苦痛であっただろう、と松子は思った。

助右衛門だけではない。

松子にとっても、天下無敵の浪人・徳川京四郎はありがたい存在だ。読売のネタになるばかりか、京四郎を通じて人として成長ができそうだ。

そして、京四郎が江戸に住まいすることで、誰よりも庶民に幸運をもたらすのかもしれない。

松子は、自分の目のたしかさを確信した。

第二話　辻斬りの代償

一

徳川京四郎は、上野界隈をそぞろ歩きをしていた。

文月三日、残暑厳しい昼さがりとあって、人々は手庇《てびさし》を作りながら歩いている。暦の上では秋を迎えているのだが、往来には風鈴売り、朝顔売り、定斎屋《じょうさいや》などの夏らしい売り声と、虫売りや七夕の竹売りといった秋の到来を告げる行商人たちの声が入り混じっていた。

左半身は萌黄色地に真っ赤な牡丹の文様、右半身は紺色地に金糸で虎が縫い取られた片身替わりの小袖姿とあって、雑踏のなかでも京四郎は、千両役者のように際立っている。

京四郎が愛着する片身替わりの小袖、右半身の文様は様々だが左半身は決まって牡丹の花をあしらっている。亡き母が好んだ牡丹は、京四郎の脳裏に母の思い出として刻みこまれているのだ。

月代を残した儒者髷を調える鬢付け油と、小袖に忍ばせた香袋が匂い立ち、抜けるような白い肌が陽光を弾いている。涼しげな目元、高い鼻、薄い唇は華麗な装いと相まって、およそ浪人とはほど遠く、素性の知れない高貴さを漂わせてもいた。

そのせいか、京四郎のことを知らないのに、すれ違う際に道の隅に寄り、深々と一礼する者もいる。礼とまではいかずとも、道を開ける侍の姿もあった。

そんな道ゆく者たちの反応などまったく気にもせず、京四郎は本屋をのぞき、茶店で心太《ところてん》を啜る。心太の甘酸っぱさは、あたかも夏が居座っていることを告げているようだ。

すると、妙な話が耳に入ってきた。

「昨夜も出たんだってよ」

「これで三人目か……で、斬られたのは……」

「やくざ者らしいよ。鬼のお面をかぶって、ばっさりと人を斬る……恐いぜ、鬼面辻斬り」

どうやら、辻斬りが横行しているようだ。なんとも物騒な話である。

「月夜の晩だけじゃないからな。暗闇からばっさりってこともあるぜ」

「ほんと、夜歩きは当分、禁物ってもんだな」

男たちは肩をそびやかした。

京四郎は茶店を出ると、池之端にある読売屋に顔を出した。松子が営む夢殿屋である。

「いらっしゃいまし」

松子に迎えられる。

小あがりになった二十畳ばかりの店内には、読売のほか、草双紙や錦絵が並べられている。また、吉原の案内書である「吉原細見」も、最新版が売りだされていた。

お茶を出そうとする松子を止め、

「茶店に立ち寄った」

と、告げてから、その茶店で耳にした辻斬りの話をした。

松子は大きくうなずく。

「ちょうど、京四郎さまに話そうと思っていたのですよ」

くわしい点を聞こうとしたところで、

「御免」

と、羽織袴に身繕いをした武士が入ってきた。

「主《あるじ》はおるか」

いきなり、高圧的な物言いをした。

「あたしですが……お侍さまは」

むっとした目で、松子が素性を問いかけた。だが、武士は名乗ることなく、

「ちと頼みがあるのじゃ。ここではなんじゃが……」

店内を見まわし、ふと京四郎を見て視線を止めた。

武士の目が大きく見開かれる。興味津々の表情を浮かべたのは、目立つ片身替わりの小袖のせいではないだろう。

案の定、武士は頬をゆるめ、

「もしや、あなたさまは徳川京……」

言いかけたところで、

「徳田京四郎だ」

よけいなことを言わぬよう、強い口調で京四郎は名乗った。

「は、ははあ、それでは畏れ入りますが、徳田さまにも……」

武士は畏まった表情で、京四郎にも誘いの目を向けた。

京四郎にも話を聞いてもらいたいというのだろう。

どうやら、京四郎の素性をある程度は知っているようだ。信じる信じないは別にしても、わざわざ京四郎とかかわりになろうとするからには、相当に困った状況なのかもしれない。

応じるように、京四郎は大刀を手に立ちあがった。


店の裏にある座敷に入ると、武士は威儀を正して挨拶をした。

「上総国《かずさのくに》君津《きみつ》藩《はん》・小佐野《おさの》因幡守《いなばのかみ》さまの用人で、小室伝兵衛《こむろでんべえ》と申します」

小室は京四郎に、深々と頭をさげた。

「小室さん、面をあげてくれ。おれは、大名の用人に頭をさげられるような身分じゃない。天下の素浪人だ」

諭すように京四郎が声をかけると、

「はあ……しかし」

やはり、徳川吉宗の姉の子、すなわち将軍の甥っ子という噂を無視できないよ

うである。小室はしばらく逡巡していたが、

「そんなことより、なんだい。大事な話があるんだろう」

くだけた口調で京四郎に指摘されると、

「そうなのです」

我に返ったように、小室は膝を打った。

「徳田京四郎さまを義侠心溢れるお方と見込んで、ひとつお願いがございます」

「おおげさだな。まあ、買いかぶりってもんだが、ひとまず話は聞こう」

「……斬っていただきたいのです」

唐突に、小室は物騒な頼み事をした。

「ふ〜ん」

だが京四郎は動じた様子も見せず、肩をそびやかして松子を見やった。

松子はかすかに眉をひそめている。

「で、誰を斬るんだい」

京四郎は気楽な様子で問いかけた。

「小佐野玄蕃《げんば》さま……すなわち、殿の弟君でいらっしゃいます」

小室は言った。

「穏やかじゃないな。藩主の弟を斬れとは……おれを御家騒動に巻きこもうって魂胆かい。そりゃ、まっぴら御免だね」

にんまりと笑った京四郎に、小室はあわてて首を横に振った。

「い、いいえ、これには事情がありまして……じつは玄蕃さまは、辻斬りの凶行を重ねておられるのです」

「辻斬りっていうと、このところ出没している鬼面辻斬りのことかい」

「ご存じでしたか。ええ、そのとおりです」

妙なところでつながってきた。京四郎が若干驚いている一方で、松子のほうは目を爛々《らんらん》と輝かせていた。おおかた、読売屋魂に火がついたのだろう。

「間違いないんだな」

京四郎は念を押した。

「はい」

短く小室は答える。

「だったら、小佐野家中で始末をすればいいじゃないか」

至極当然のことを、京四郎は言ってみた。

「それができれば、頼みにきませぬ」

「その辺の事情が気になるな」

京四郎の言葉に、松子は、そうですよ、と賛同を示し、

「話しづらかったら、わたしは座を外しますよ」

「いや、そのままでよい。じつは、そなたにも頼みがあるのだ」

小室は松子をまっすぐに見た。松子が居住まいを正す。

「玄蕃さまは、その、なんと申しましょうか、大変に難しいお方なのです」

小室の眉間に皺が刻まれた。

松子は引きこまれるような顔となった。

「言うなれば、表の顔と裏の顔が大違いなのです」

昼間の玄蕃は、まことに誠実で温厚な、まさに模範的な若武者である。学問や武芸に熱心なばかりか、家臣や奉公人たちを労《いたわ》る心優しい一面もあるそうだ。

「それが夜になりますと、突然に人が変わるのです」

ここで小室は声をひそめた。

日が暮れると、玄蕃は血に飢えた狼となる。藩邸を抜けだしては、辻斬りを繰り返すのだそうだ。

「本人はわかっているのかい」

京四郎が問うと、

「いいえ、まったく覚えておられませぬ」

小室は唇を震わせた。

いまだ信じられないのか、松子が不審げな声を発した。

「玄蕃さまは、ご自分のなさっていることをわかっていらっしゃらないのですか。それは本当なのでしょうか。失礼な言い方ですが、とぼけたり、嘘をついていなさるんじゃないのですか」

「いや、とてものこと、嘘をついておられるようには見えない。おそらく本当に覚えてらっしゃらないのだ」

困った顔で、小室は返事をした。

次いで京四郎を見て、

「おまけに玄蕃さまは、剣を持てば無双の勇者であられるのです」

「それほどの遣い手なのか」

ほう、と感心したように京四郎が問い直すと、

「昼間のことですが、藩邸内の道場で、幾人もが試合を挑んでおります。ですが、ひとりとして打ち負かした者はおりませぬ。それどころか、一度に数十人を相手

にした際も、みなを叩き伏せてしまうほどでして」

「それはすごい」

松子が、感嘆の声をあげた京四郎に視線を向けた。果たしてどちらが強いのかと、想像しているのだろう。

「家中で玄蕃に敵う者がおらぬゆえ、おれに斬ってくれというのか」

鼻で笑い、京四郎は真意を確かめた。

「それもあります」

思わせぶりな答えを小室は返す。

「どうやらその辺のところが、肝心要のようだな」

京四郎が見当をつけると、小室は深くうなずいて語りはじめた。

小佐野家には、下手をしたら御家騒動に発展しかねない問題があるそうだ。

藩主、因幡守昌尚《まさなお》が病に臥せって、半年が経過している。昌尚は元来が病弱で、三十歳の働き盛りながら今後が危ぶまれていた。最悪……すなわち昌尚が死去した場合に備えて、家督相続を進めるべきだという声が家中で高まっている。

家督を継ぐ者は、本来は玄蕃であるものの、鬼面辻斬りだとすると当然ながら藩主にはふさわしくはない。辻斬りの件が幕府に聞こえれば、改易に処されるかもしれないのだ。

そこで、親戚筋から養子を迎えようとしているのだが、さしたる理由もなしに弟の玄蕃を差し置いて後継を立てれば、まわりに不審を抱かれる。

「そうかい、つまりはあんたら、玄蕃に死んでほしいんだな。だが玄蕃が藩邸内で急死してしまうと、毒殺や闇討ちの噂が立ち、親戚筋も養子入りを躊躇うと、心配しているってことか」

京四郎の推論を聞き、

「お察しのとおりでござります」

小室は、畏れ入りました、と両手をついた。

「ずいぶんと都合のいい話だな……と言っても、本当に玄蕃が鬼面辻斬りならば、放ってはおけぬ。よし、玄蕃が鬼面辻斬りだとはっきりしたなら、おれが斬ってやろうではないか」

京四郎は条件付きで引き受けた。

小室はくどいくらいに礼を述べたて、前金です、と言って五十両を差しだした。玄蕃を斬った暁には、あと五十両くれるそうだ。松子は満面の笑みである。

「その前に、こっそりと玄蕃を見たいのだが……」

　京四郎の望みを受け、小室は少し考えたのちに言った。

「藩邸の裏手に稲荷があります。その境内に、縁切り杉と呼ばれる杉の木が植えてありましてな。亭主と別れたい町方の女房連中が願掛けに来るので、縁切り稲荷とも呼ばれております」

　なんでも、その縁切り杉の幹を削って煎じ、亭主に飲ませると、離縁が叶うのだとか。

「昼さがりになると、玄蕃さまは散策がてら、稲荷に立ち寄られるのが日課でございます」

「わかったぜ」

　京四郎が承知すると、小室はそそくさと帰っていった。

　しばらくして、ネタ提供者のひとり、でか鼻の豆蔵がやってきた。

　この鷲鼻の岡っ引はたいそう鼻が利き、目をつけた人や事件をしつこく嗅ぎまわることから、でか鼻の二つ名が付いている。

「親分、鬼面辻斬りについてのいいネタは、あるのかい」

　松子が問いかけると、

「あるよ。だから、買ってもらいにきたんだ」

豆蔵は鷲鼻をくんくんとさせた。

「勿体をつけないで教えておくれな」

松子は財布を両手に持った。

「鬼面辻斬りに斬られた連中に、妙な共通点があってね。みな、そろって横暴亭主なのさ。それぞれの女房たちは、一刻も早く別れたがっていたそうだぜ」

豆蔵の話を聞き、

「ひょっとして、女房連中が鬼面辻斬りだったってことかい」

啞然として松子は問い直した。さきほどの小室の話からしてそれは考えにくいが、案の定、豆蔵は右手をひらひらと振った。

「そんなことはねえやな。亭主どもは、刀でばっさり斬られていた。町方の女房にできるはずもない」

「それもそうか……じゃあ、女房たちが鬼面辻斬りに頼んだ、とか。でも、どうやって頼むのかしら」

松子は京四郎に向いた。

京四郎はふと思案して、思いつくままに答えた。

「ふむ、その推論が正しいとすれば、おそらく縁切り稲荷ではないか。縁切り稲荷に掛けられた願を見て、斬る相手を決めているのかもしれぬぞ。ほれ……だとすれば、いろいろと辻褄が合うだろう」

さきほどの小室の話を、京四郎がそれとなく示唆した。

「なるほど、それで縁切り稲荷に寄るのね……そうだ、いいこと思いついた。玄蕃さまが本当に鬼面辻斬りかどうか、確かめましょうよ」

松子はひとりで興奮している。

「おいおい、いまいち話が見えねえが……いずれにしろ、いいネタだったろう。駄賃をくんな」

差しだされた豆蔵の右手を、松子がぴしゃりと叩いた。

「親分、くわしく説明するから、ちょいと手を貸しておくれな。引き受けてくれたら、一両出すよ」

いかにも松子らしく、勝手に豆蔵を誘って引き入れてしまった。

二

芝の大名小路にある小佐野家上屋敷の裏手にやってきた京四郎と松子は、小室が言っていた稲荷を訪れた。

境内の真ん中には、小室の話どおり、縁切り杉らしき一本杉が青空に屹立《きつりつ》している。

蜩《ひぐらし》の鳴き声が覆う境内をのぞくと、身形の立派な若侍がいた。

すらりと背が高く、眉目秀麗《びもくしゅうれい》の形容がこれほど似合う男もいない。

おそらく、この侍が小佐野玄蕃に違いない。

玄蕃は供侍もつけず、ひとりで剣術の稽古をしていた。刀を抜き、太刀筋を確かめながら、丁寧に素振りを繰り返している。

武芸者としての雄渾さに加えて、美青年の優美さをも備えており、外見からはとてものこと血に飢えた辻斬りには見えない。

「さあ、やるぞ」

京四郎は言った。

これからはじまるのは、松子が縁切り杉の幹を削っているところを、やくざ者に絡まれるという芝居だった。それに対し、玄蕃がどういう反応を示すのか、様子を見てみようという計画である。

「そんな田舎芝居、うまくいきますかね」

この期に及んで、松子は尻込みをした。今日の松子は、白地に朝顔を描いた浴衣姿だ。若造りの装いながら袴は穿いていない。乱暴亭主に虐《しいた》げられている女房、という芝居に備えてきたのだ。

「おまえがやろうと言いだしたのだぞ。豆蔵も引き受けたんだ。いまさら中止になぞできるか。うまくいくかどうかは、松子次第だな。役者顔負けの芝居を期待しているぞ」

おもしろがるように、京四郎は語りかけた。

「玄蕃さまにいきなり斬られたら、責任を取ってもらいますからね」

松子は投げつけるように言った。

「承知した。死んだら立派な墓を建てて、供養してやろう」

京四郎は小さく笑って、鳥居の陰にひそんだ。

「もお！」

唇を尖らせてから松子は境内を進み、拝殿前に備えてある賽銭箱の前に立った。

次いで賽銭を投げ入れ、柏手《かしわで》を打った。

「お稲荷さま、あたしの亭主はとてもひどい男なんです。あたしを足蹴にし、ろくに働きもせずに朝から酒を飲んでいます。これ以上、我慢できません。我慢しては殺されてしまいます。どうか、別れさせてください」

声を大きくして願掛けをした。

深々と腰を折ってから拝殿をあとにし、境内にそびえる一本杉に向かった。横目に玄蕃が、こちらを見ているのが映った。

松子は小刀で幹を削りはじめた。

するとそこへ、豆蔵がふたりほどを引き連れてやってきた。

もともと豆蔵は、岡っ引だかやくざ者だかわからないような風貌である。それゆえ、こういう芝居をやるには打ってつけと思って松子は頼んだのだが、

「おい、てめえ、舐めた真似するんじゃねえぞ」

豆蔵は目をむき、おおげさな芝居をした。松子は内心で、へたくそ、となじり、豆蔵に任せたのを悔いながらも、

「あら、おまえさん、助けておくれよ」

と、金切り声をあげた。

声を出してから、自分もくさい芝居をしてしまったと内心で苦笑する。

豆蔵とほかのふたりは、その間も棒立ちだった。打ちあわせ不足の出たとこ勝《で》負とあって、なにをしていいかわからず、加えて機転が利かないとあっては、木

偶《く》の坊《ぼう》ぶりをさらすしかない。

松子は豆蔵の前に立つと、「許さねえ」と豆蔵の台詞をささやいた。

「ゆ、許さねえぜ」

豆蔵は口ごもりながら言いたてた。

「嫌だよ、助けておくれよ！」

声を大きくし、松子は続いて小声で、

「殴ってくるんだよ」

「あ、そうか」

つぶやいてから豆蔵は、松子に殴りかかる。松子は右手を出してかばいつつ、

「手をつかみなさい」

と、指示を飛ばした。

そして、他のふたりにも目配せをする。ふたりはあわてて、

「逆らうんじゃねえ」

「このあま」

などと言いながら、ぎこちない動作で松子に手をあげた。

「やめてえ〜」

悲鳴をあげてか弱い女房を演じたが、うっかりと豆蔵の張り手が頬に入ってしまうと、

「なにすんのよ！」

と、つい怒りの形相で豆蔵の顔面を張り返してしまった。勢いよく大きな鷲鼻をぶたれ、豆蔵は手で顔を押さえながらうずくまる。

しまった、と思いながらも、

「助けてえ！」

ままよとばかりに悲鳴をあげた。

ここに至って、ようやく玄蕃が近づいてきた。

すかさず、松子は豆蔵たちから逃れ、玄蕃に駆け寄った。

「お侍さま、お助けください」

松子の訴えに玄蕃は静かにうなずくと、松子を背中にかばった。

「お侍の……お侍の……で、出る幕……じゃねえぜ」

豆蔵は努力して凄んだものの、思わぬ玄蕃の威にたじろいで声が上ずっている。

他のふたりも及び腰だ。

それでも、豆蔵は意を決したように玄蕃に殴りかかった。

あっさりと玄蕃は豆蔵の右手をつかみ、ねじりあげる。

「いててて」

豆蔵は顔を歪ませながら、玄蕃に背中を向けた。

「失せろ」

玄蕃が、豆蔵の尻を蹴り飛ばした。豆蔵は顔をしかめながら逃げだす。ごろつき役のふたりも、豆蔵のあとを追いかけていった。

「まことに、ありがとうございます」

松子はしおらしい態度で礼を言った。

「礼には及ばぬ。それよりも、性質《たち》の悪い連中に絡まれたな。もしかして、おぬしの亭主の仕業か」

と、玄蕃は縁切り杉を見やった。

性悪な亭主がやくざ者たちを雇った、とでも想像しているのだろう。

「亭主は乱暴者のようであるな」

「それはもう、ひどい男でして。あたしに寄生しているって言いますかね、働かないで酒をかっくらって、そんで手をあげて……」

松子は両手で顔を覆った。

「気の毒であるな」

「でも、女のほうから三行半《みくだりはん》はつきつけられませんよ」

「駆けこみ寺に行ってはどうだ」

玄蕃が言うと、

「鎌倉までは行けませんよ。それに、亭主はしつこくって、あたしのおこないをいつも見張っているんですよ。もし、あたしが鎌倉に向かったなんて気づいたら、どんな目に遭わされるかわかったもんじゃありませんよ」

身を震わせながら松子は言った。

鎌倉の東慶寺《とうけいじ》は、縁切りを望む女たちの駆けこみ寺として知られている。どうしても別れたい女が、最後に逃げこむ場所であるのだ。

「そうか」

心なしか、玄蕃は微笑んだようだ。

「なんとかなりませんかね……あ、いや、お侍さまには迷惑な話ですよね」

「まあ、夫婦喧嘩は犬も食わぬと申すが、そなたの場合は夫婦喧嘩の域を超えているようであるな」

玄蕃は、松子に同情を寄せた。

松子は涙を拭い、ささやくように言った。

「このお稲荷さんに、お参りを繰り返します。もはや、縁切りお稲荷さまが、願いを聞き届けてくださるのを待つばかりです」

「しかし、亭主はここに参拝するのを許さないだろう」

玄蕃が気遣うと、松子は気丈そうに微笑んだ。

「湯屋に行くのは許してくれるんです。ですから、湯屋に行くって言って、その途中でお参りしますよ」

「亭主は家から外には出ないのか」

さらなる玄蕃の問いかけに、松子は内心でしめしめとほくそ笑みながら答えた。

「あたしが湯屋に行く間、この近くの縄暖簾《なわのれん》で飲んでいるんですよ」

三島町にある瓢箪だ、と松子は教えた。

「そうか……」

「あ、そうだ。あたしは松って言います。お侍さまは」

と、松子は問いかけたが、

「名乗るほどの者ではない」

と言い置くと、玄蕃は足早に立ち去った。

玄蕃の姿が見えなくなってから、京四郎が姿を見せる。

松子は玄蕃とのくわしいやりとりを話した。

「よし、上出来だ」

「まったく……豆蔵の下手な芝居には、ひやひやさせられましたよ」

松子の文句に、京四郎は笑みを浮かべた。

「豆蔵もしっかりやったさ。それより、撒いた餌に玄蕃が食らいつくかだな」

「小室さまがおっしゃったとおり、昼間の顔はまるで別人ですよね。鬼面辻斬りだなんて信じられませんよ」

「本当に辻斬りかどうかは、まだわからぬがな。あの若者がそうだったとしても、おれはたいして驚かぬ。人には裏の顔があるってことだ」

ぽつりと京四郎は言った。

「ほんと、恐いですね」

松子は肩をそびやかした。

「だからこそ、読売のネタが事欠かないのだろう。この世に人がいるかぎり、読売のネタは尽きぬということだ」

京四郎は顔に冷笑を貼りつかせた。

ときおり見せる、空虚な乾いた笑みである。

三

その日の夕方、松子の店で京四郎は、豆蔵と打ちあわせをおこなった。

「京四郎さま、大丈夫ですよね」

くどいくらいに手順を確かめる豆蔵に、松子が声を荒らげた。

「親分、なにを怖気《おじけ》づいているんだよ。京四郎さまが守ってくださるんだから、大船に乗った気でいな」

「そ、そりゃそうだがな……」

豆蔵はそれでも心配そうである。

京四郎が気軽な調子で言った。

「物事に完全はない。したがって、おれとて大丈夫だとは請け負えぬが、まあ、駄目だったら許せ」

「そんな……」

途端に情けない表情を浮かべる豆蔵に、

「案ずるより産むがやすしって言うじゃないか」

松子なりの励ましのつもりらしい。

「そりゃ、うまくいった場合だけの話だと思うぜ」

「そうかね、ま、いいじゃないか。どのみち、乗りかかった舟なんだからさ、いまさらおりるわけにはいかないよ」

松子が、豆蔵の退路を断った。

「斬られたあとじゃ、どうにもならねえよ」

豆蔵は納得できないようだ。

「豆蔵、往生際が悪いぞ」

京四郎が遠慮会釈のない言葉を投げかけた。

「往生際をよくすることなんてできませんや。死ぬ覚悟を決めろって、おっしゃるんですか」

大きな鷲鼻をひくひくとさせながら、豆蔵は反論した。

「おまえ、悪徳十手持ちだろう」

平然と京四郎は言いたてる。

「そりゃまあ……けっして立派な岡っ引とは誇れませんよ。まあ、どっちかっていうと、悪いほうだと認めています」

「どっちかではない。はっきりと悪い岡っ引だ。十手を金儲けの道具に使っているのだからな。太田源三郎の一件だって、悪党をお縄にするより、金儲けを優先させたではないか」

「あのときは……す、すんません、言いわけにもなりませんが、地獄の沙汰も金次第って言いますしね」

豆蔵は笑って誤魔化した。

京四郎は小馬鹿にしたように失笑を漏らし、

「たしかに言いわけにもならぬな。沙汰をくだすのは、閻魔大王だ。この世の悪党をお縄にするのが、岡っ引や八丁堀同心の役目だぞ」

「おっしゃるとおりで……」

蚊の鳴くような声で、豆蔵は頭をさげた。

「豆蔵、死んだってかまわんではないか。おまえは、死んだら地獄行き間違いなしだ。地獄に堕ちたら、金がものを言うのだろう。十手で稼いだ金を使えたら、本望ではないか」

京四郎は強い目で豆蔵を睨んだ。松子は京四郎の言葉にうなずいている。

「……京四郎さまにはかなわないや。よし、おいらも男だ。きっちりやってみせますぜ」

腹をくくったように、豆蔵は言いきった。


芝に向かって歩きだした豆蔵のあとを、少しの距離を置いて京四郎と松子は続いた。夕闇が迫り、気持ちも暗くなってゆく。

豆蔵は首をすくめ、背中を丸めながら歩いた。右手には、増上寺の巨大伽藍が陰影となって浮かんでいる。

先に縄暖簾の明かりが見えたたところで、男が現れた。

「ひえ」

巨大な鷲鼻をひくつかせ、豆蔵は跳びあがらんばかりに驚いた。

鬼面をかぶった侍である。

「な、なんですよ」

思わず尻餅をついてしまった豆蔵に対し、無言のまま鬼面侍は抜刀した。

「た、助けてくれ！」

必死の形相で、豆蔵は叫びたてた。

だが、容赦なく鬼面侍は迫ってくる。

そこへ、すばやく京四郎が割りこんだ。鬼面侍は思わず立ち止まり、京四郎も大刀を抜いて対峙する。

今夜は、妖刀村正ではない。鬼面辻斬りの正体を確かめるのが目的とあって、成敗用の村正は差してこなかったのだ。

と、いきなり鬼面侍は斬りこんできた。

京四郎が大刀で受けるや、なおも凄まじい攻撃を繰りだしてくる。

京四郎はさっと右に避けると、払い斬りを放った。

大刀が、鬼面侍の袖を切り裂いた。二の腕から血が流れ落ちる。

形勢不利と見たか、鬼面侍は脱兎のごとく駆けだした。

追いかけようとした京四郎だったが、這いつくばる豆蔵が邪魔になった。豆蔵を飛び越えたところで、鬼面侍の背中が見えなくなった。

「いやあ、恐かった」

安堵の表情で立ちあがった豆蔵に、

「このどじ野郎」

京四郎は、ぽかりと頭を叩いた。

そのころ、松子は鬼面侍のあとを追っていた。

夜の帳がおり、森閑《しんかん》とした町を鬼面侍は疾走してゆく。今夜は袴を穿いている。読売屋の信条だという動きやすい格好だ。

見失わないよう見つからないよう、間合いを取って尾行をした。

鬼面侍が向かっているのは、大名屋敷が建ち並ぶ愛宕大名小路。

「小佐野玄蕃……」

思わずつぶやいたように、やはり鬼面侍は小佐野玄蕃に違いあるまい。

果たして、小佐野家の上屋敷に到った。

鬼面侍は裏門の潜り戸から、屋敷内に入っていった。

京四郎と豆蔵が夢殿屋に戻ると、しばらくして松子も帰ってきた。

さっそく松子は、鬼面侍が小佐野家の上屋敷に入っていったことを報告した。

「これで決まりですぜ」

豆蔵の言葉に続いて、松子が京四郎に問うた。

「どうします。明日、乗りこみますか」

「そうだな。ひとまずは訪ねてみるが……ただどうも、うまくいきすぎているような気がする」

なにかに引っかかっているのか、京四郎は訝しんでいる。

「鬼面辻斬りが玄蕃さまじゃないって、おっしゃりたいんですか」

不満そうな松子に、京四郎は疑問を呈した。

「玄蕃が鬼面辻斬りだとは思うが……いかにも出来すぎだ。あまりにも、ばればれじゃないか」

「そう言われれば、たしかに気になりますね」

豆蔵が同意すると、

「でも、でもですよ。小佐野屋敷内の人間ということは間違いないですよね」

確かめるように松子は言った。

「小佐野家にかかわりがあるのはたしかだろうが、小室が言っていたように、跡継ぎをめぐって、家中に複雑な動きがあるのかもな」

なおも京四郎は慎重である。

「御家騒動ですか」

ネタの匂いを嗅ぎとったのか、松子の目が輝いた。

「こりゃあ、厄介ですよ」

豆蔵は危ぶんだが、

「厄介だから、やり甲斐があるんじゃないのさ。あたりまえだろう」

涼しい顔で松子は言った。

四

八日の昼、京四郎と松子は小佐野屋敷を訪れた。

用人の小室伝兵衛に取り次ぎを頼むと、すんなりと中に入ることができた。

御殿脇の使者の間で面談に及んだ小室に、松子が昨日の経緯を語った。

「玄蕃さまが……」

小室は絶句した。

「玄蕃さんに会えるかい」

京四郎が確かめると、

「はい、それは……」

承諾はしたものの、小室は迷う風だ。

「やりとりを交わさなくてもよい。なんなら見るだけでいいんだ」

京四郎は言い添えた。

「わかりました」

こちらにいらしてください、と小室は案内に立った。

小室の案内で、京四郎と松子は藩邸内の一角にある屋敷にやってきた。そこが玄蕃の住まいだという。

「あそこです」

小室が指し示した先には、昨日、縁切り稲荷で大刀を振るっていた若い武士がいた。

玄蕃である。

玄蕃は母屋の縁側に腰をかけ、書物を読んでいた。じつに穏やかな表情だ。

京四郎は目を凝らした。

袖口からのぞく左手には、晒が巻いてある。京四郎が斬りつけたときに負った傷と考えて間違いないだろう。

「昨夜はどうなさっていた」

京四郎が小室に問いかける。

「半時ほど留守にしておられました」

「それは何時ごろだ」

問いを重ねると、思いだすようにして小室が答えた。

「暮れ六つ前後ですな」

「……間違いないですよ」

ひそひそとしながらも、松子は声を弾ませた。それから、自分のうっかりぶりに気づいたのか、あわてて手で口を封じる。

「そうですか……」

そう言ったきり、小室は絶句した。

「さっそく昨日の行動を、本人に確かめてみるか」

京四郎の提言に、

「そうですな」

答えつつも、小室は躊躇いを示した。

「なにをいまさら迷っているのだ」

「……わかりました」

覚悟を決めたのか、小室は邸の中に足を踏み入れた。松子も入ろうとしたが、

「松子はやめておけ、芝居がばれるからな」

京四郎に指摘され、

「そうですね」

さすがに松子も遠慮した。

小室のあとに続き、京四郎は玄蕃の前に立った。

玄蕃が、京四郎に視線を据える。京四郎も視線を逸らさず、玄蕃の瞳を注視した。玄蕃の目や表情に、特別な変化は見てとれない。

どうやら、京四郎のことを認識していないようだ。

剣を交えた相手、しかも昨日の今日である。覚えていないはずはない。

小室が手短に京四郎のことを紹介したのち、

「手合わせを願いたい」

いきなり、京四郎は言った。

「ぜひ」

応じた玄蕃に訝しげな表情はなく、むしろ楽しそうだ。小室が連れてきたとい

うことで、少なからず信用もしているのだろう。

「ならば……」

玄蕃は小室に、木刀を用意するよう命じた。

そこで、京四郎がニヤリとする。

「真剣ではどうかな」

さすがに小室は泡を食った様子で、あわてて制した。

「またまた、ご冗談を」

しかし、玄蕃のほうも負けてはいない。やはり笑みを浮かべ、

「わたしはかまわぬぞ」

京四郎の挑戦を受けて立った。

「畏れながら玄蕃さま……お戯《たわむ》れがすぎますぞ」

困り顔の小室に向けて、玄蕃は表情を引きしめた。

「小室、戯れではない」

もはやここに至っては、玄蕃の気持ちを変えさせることは不可能だろう。

「徳田とやら、やるぞ」

玄蕃は刀の下げ緒で、すばやく襷を掛けた。京四郎も同様に襷掛けとなる。

「いざ」

庭の真ん中まで、玄蕃はゆっくりと歩いた。

京四郎も続き、ふたりは対峙した。

「ゆくぞ」

玄蕃が告げるとともに、京四郎は下段に構えた。

と、いきなり玄蕃は斬りこんできた。対する京四郎は、大刀を斬りあげる。

刃がぶつかったが、玄蕃の顔がわずかに歪んだ。

――そうか、腕の傷が痛むのだな。

そう悟った京四郎は、すばやく納刀し、

「今日はこれまでといたそう。再戦は、玄蕃殿の具合が万全のときに」

と、告げた。

玄蕃も納得し、刀を鞘に納めてから、

「見事であるな、徳田京四郎」

京四郎に賛辞を送った。

「貴殿もなかなかの腕ですな」

京四郎も褒めあげた。

一瞬とはいえ、心地よい汗をかくことができた。

しかし、妙である。とてものこと、辻斬りをおこなうような邪剣とは思えなかったのだ。太刀筋は、じつに素直……王者の剣とでも言おうか、大名の子弟として育てられた者の、正当な剣である。

――まさか、辻斬りは玄蕃ではないのか。

いや、そんなことはあるまい。

すると、夜になって鬼面をかぶることにより、人の本質自体が変わってしまうのか。だが、本当にそんなことがありえるのだろうか。

「徳田、茶でもどうだ」

京四郎の思案をよそに、玄蕃が誘ってきた。

「よいですな」

「小室、菓子をもて」

玄蕃が命じると、

「ただちに」

大事に至ることなく勝負が終わり、安堵の表情の小室が答えた。

こし餡がたっぷり入った今川焼は、意外にもしつこくなく、餡の美味さをじっくりと楽しむことができた。

「そなた、甘党か」

微笑みながら、玄蕃は問いかけてきた。

「そういうわけじゃないですが、こいつは美味いですな」

京四郎は素直な感想を述べた。なんだか、童に戻ったような気分だ。

「それにしても、玄蕃殿の剣はさすがですな」

あらためて京四郎が褒めると、

「いや、貴殿もたいしたものだ」

ふたたび、玄蕃も賛辞を送った。これまた、じつに魅力的な笑みである。辻斬りの邪悪さとは無縁であった。

「徳田はいくつじゃ」

不意に玄蕃は問いかけた。

「二十五です」

京四郎が返すと、無邪気に玄蕃は笑った。

「そうか、わしと同じであるな」

それから、

「弟も一緒だ」

意外なことを玄蕃は言いだした。

「弟……」

京四郎は、おやっとなった。

「弟がおったのじゃ」

そこで玄蕃は、遠くを見る目となった。

「亡くなったのですか」

「いや、生きておる。だが、藩邸内にはおらぬ。幼いときに、小佐野家を出されたのだ」

「同じ年の弟というと、なるほど、双子ということか」

「そうじゃ」

玄蕃の言葉が詰まった。

武家において双子は忌み嫌われる。だいたいにおいて、弟が武家を出されるのが常だった。

「弟御のお住まいはわかっておられるのか」

「薬研堀に住んでいる」

「じゃあ、近くってことですかい」

若干砕けた口調で京四郎が確かめると、玄蕃は大きくうなずいた。

「そうだな」

「会ったことは？」

「ある」

と、答えてから玄蕃は口ごもった。

「どうしたのだ……なにかありそうですな」

「それがな……」

「言いたくなければ、無理には聞かぬが」

「博徒になっておったのだ。だから、家中の者は会わせたがらない」

吐きだすように、玄蕃は失笑を漏らした。

「いまは亀吉《かめきち》と名乗っておる。どこからどう見ても、荒くれ者の博徒じゃ」

そう答えてから、おのれの幼名が鶴千代《つるちよ》で、弟は亀千代《かめちよ》であったのだ、と言い添えた。

「で、その亀吉殿は、小佐野家を出されてから、なにをしておったのだ」

まさか、養子に出された先が博徒だったわけではあるまい。

「寺で修行をしていたのだがな、性に合わなかったようで、十三の歳に寺を抜けだして無頼の徒と交わったのだ。もともと腕っぷしが強く、あっという間に博徒の間で頭角を現したという次第だ」

なんでも亀吉は、博徒を束ねる親分になっているらしい。一応は嘆いてみせたものの、なんだか玄蕃はそれが嬉しいようだった。

「藩主の息子が博徒の親分になるとは……なんとも意外ですな」

京四郎の言葉を受け、

「人の定めというのはわからぬものだ」

達観めいたことを玄蕃は言った。

屋敷をあとにする際、京四郎は小室に、亀吉のことを問いかけた。

「なんで黙っていたのだ」

いささか責めたてるような物言いになってしまう。

「申しわけございませぬ」

小室は深々と頭をさげた。

「謝らなくたっていいよ。御家にとっては明かしたくない事柄だろうからな」

理解を示すように、京四郎は言った。

「当家としましては縁を切ったお方ですので、いまはなにをなさっておられても関係はありません。ですが、玄蕃さまは親しみを覚えられているようで、ちょくちょくお忍びでお会いになっているようです」

打ち明けるように告げる小室に、京四郎は気になっていたことを問うた。

「双子ということは、顔は玄蕃殿と似ておるのだな」

「瓜ふたつです」

きっぱりと小室は言った。

「ほう、それで住まいは」

「薬研堀です。そこで賭場も開帳しておりますぞ」

京四郎はひとつうなずくと、小室に別れを告げて屋敷をあとにした。

「おもしろくなってきたぞ」

帰路の途中で京四郎が告げると、松子が期待をこめた目となった。

「玄蕃には、双子の弟がいるそうだ」

亀吉について知りえたことを伝えた。

「そいつは、たしかにおもしろいですね」

聡い松子は、すでに京四郎の考えを読み取っているようだった。

「で、京四郎さまはいかがなさいますか」

「決まっている。亀吉に会いにいくさ」

「お供します」

当然のように、松子は願い出た。

「いいや、ここはおれひとりで行こう。おまえのような喰えぬ読売屋とて、女には違いあるまい。博徒たちに絡まれても、おれは助けてやらぬぞ」

笑い声をあげつつ、京四郎は言った。

五

両国橋を大川に沿って南下すると、薬研堀に出る。ここは町の形が薬材をすり潰す薬研に似ていることから、その名がつけられたという。

花火が夜空を彩り、薬研堀の表通りは大勢の男女が行き交っている。花火を見物したり、夜店を冷やかしたり、涼を求めてそぞろ歩きをしたりと、おのおのが夏の夜を楽しんでいる。

京四郎の片身替わりの華麗な小袖姿は、いつも以上に夜道に映えていた。

裏通りを入ると、稲荷があった。鳥居をくぐり境内を進む。拝殿の裏手に到ったところで、賭場の喧騒が聞こえた。

板葺き屋根の一階家が賭場のようだ。玄関に男がふたり立っている。ひとりは小太り、もうひとりは痩せぎすだ。だらしなく小袖を着崩し、目つきのよくないところからして、賭場を営むやくざ者であろう。

近づくと、

「お侍、どちらへ行かれるんですか」

と、小太りの男が京四郎の前に立った。

片身替わり小袖を身に着けた異形の侍に、不審を抱いているようだ。

「決まっているだろう。賭場だよ」

京四郎は右手で、男の胸を突いた。男はよろけ、もうひとりにぶち当たる。

「なにしやがる。侍だからって、でけえ面するんじゃねえぞ」

小太りは懐に呑んでいた匕首を抜くと、脅すようにちらつかせた。痩せぎすも腕まくりをした。

「ならば、親分の亀吉を呼べ。亀吉と話ができればそれでよい」

京四郎は動ぜず言い返した。

「親分になんの用だ」

小太りが京四郎をねめつける。

「おまえの知ったことか。早く呼べ」

「舐めやがって」

「馬鹿めが」

匕首を構えた小太りの手を、京四郎はいきなりつかんだ。次いで、ねじりあげると、小太りは顔を歪めて匕首を落とした。痩せぎすが「野郎！」と怒声をあげて飛びかかってくる。

京四郎が小太りの男を突き飛ばすと、ふたりはぶつかり、もんどり打って地べたに転がった。

怯えたような顔つきで地べたを這いずるふたりに一瞥を加えると、京四郎は引き戸を開いて中に入っていった。

百目蠟燭《ひゃくめろうそく》に灯された座敷のなか、盆茣蓙《ぼんござ》の周囲には商人ばかりか僧侶や武士もいる。みな目をぎらつかせ、まさしく鉄火場の様相を呈していた。勝負の行方に一喜一憂する者たちの嬌声とため息、駒が動く音で、賭場の空気はぴんと張り詰めている。

帳場を預かっている男が、

「お侍、おいくら用意いたしましょうか」

「博打はせぬ」

京四郎が言うと、男は首を傾げ、

「博打をなさらねえで、いったいなにをしに……まさか、手入れですか」

客を慮ってか、男は声をひそめた。

「早まるな。おれは亀吉に会いにきたんだ」

「親分にですか。失礼ですが、お侍、親分をご存じなんで」

「会ったことはない。おれの名前を出したところで、亀吉は知らない男だと言って、会おうとはしないだろう」

そこで京四郎は、一分金を男に握らせた。

金を受け取ると、途端に男の表情はやわらかくなった。それでも、警戒を怠ることはなく、

「お侍、どうやってうちの賭場を知ったんです」

「亀吉の兄貴に教えてもらったのさ。いいから、早く親分に取り次げ」

京四郎が睨むと、男は威圧されるように首をすくめて腰をあげ、精一杯の抵抗を示すように足音高らかに奥へ向かった。

板敷にあぐらをかき、賭場の喧騒を聞きながら京四郎は亀吉を待った。ほどなくして、男がのっしのっしと大股に歩いてきた。

男は爪楊枝を横咥えにし、小袖を着流して、派手な龍の文様を描いた長羽織を重ねている。長羽織の裾は膝まであった。

身形は博徒の親分そのものだが、なるほど、顔は玄蕃に瓜ふたつである。だが、武士を捨てたとあってか、すっかりと博徒が板についていた。

加えて、右の頰に黒子《ほくろ》があった。玄蕃そっくりの端整な面差しながら、いや、男前ゆえにたったひとつの黒子が異常に目立った。

「兄貴を知っているのか」

ぶっきらぼうに亀吉は声をかけてきた。玄蕃とは大違いの伝法な物言い、まさしく博徒の親分である。

会うまでは玄蕃の弟として接するべきと思っていたが、博徒の親分に成りきっているからには、言葉遣いを丁寧にすることはあるまい。

「ま、ついてきな」

京四郎の返事を待たず、亀吉は歩きだした。

奥に向かう廊下を進む。亀吉の足元を、子分のひとりが手燭で照らしていた。

やがて、襖に閉ざされた部屋の前に立ち止まると、

「ここだ」

亀吉は乱暴に襖を開けた。

殺風景な部屋だった。博打に飽きた客たちが、飲み食いをする場であるらしい。

さっと亀吉は身を入れ、どっかと座った。

京四郎も向かいに、あぐらをかく。

小袖の腕をまくり、ぼりぼりと亀吉は掻いた。

腕には晒が巻かれていた。

ひょっとして……鬼面辻斬りは玄蕃ではなく亀吉なのか。

いや、縁切り稲荷で女房たちの話を聞いているのは、玄蕃で間違いない。玄蕃の頬に黒子はない。

「小佐野家を追いだされ、あずけられた寺も抜けだしたと聞いたが」

さっそく京四郎は話しはじめた。その目は、まっすぐ亀吉を見据えている。

「なんだ藪から棒に……あんた、何者なんだ」

当然のことながら、亀吉は警戒心を呼び起こしているようだ。

「天下の素浪人、徳田京四郎だ」

「へ～え、浪人にしちゃあ、小ざっぱりとしているじゃねえか。いや、小ざっぱりどころか、片身替わりの小袖、金糸の縫い取りとは豪勢だな」

品定めをするように、亀吉は京四郎を見返す。

「で、なんの用だ……ひょっとして、兄貴の身辺を嗅ぎまわっているのか」

「どうしてそう思う」

京四郎は問い直した。

亀吉は京四郎から視線を逸らし、笑い飛ばした。

「浪人さんが賭場の手入れをするとは思えねえからな。ま、それはいいや。おれは、兄貴や小佐野家とは無関係な男だ。いまじゃご覧のとおり、無頼の連中とつるんで放蕩を尽くしている。むしろ、武家じゃなくなって清々したさ。兄貴と違って、堅苦しい侍の暮らしなどまっぴらだからな」

おそらくそれは本音だろう。

「だが、兄の玄蕃殿とは、いまでもつながっておるようだな」

京四郎は淡々と問いかけた。

「まあな。おれが屋敷をうろちょろするわけにもいかねえからな。兄貴がここまで足を運んできて、酒を飲みながら語らうのさ。兄貴といると、片意地を張らなくていい。賭場の仕切りなんざ、舐められちゃいけないって、毎日気を張りどおしだからな。兄貴は兄貴で、盛り場やら賭場の下世話な話を、おもしろがって聞いてくれるよ。博打も試してみたりして、ずいぶんと楽しんでるようだ」

やはり、兄弟仲はいいらしい。武士の見本のような玄蕃も、弟を相手にしているときは気が抜けるのかもしれない。少なくとも、亀吉が玄蕃を兄として慕っていることは感じられた。

藩主の弟、博徒を束ねる無頼の徒……水と油の兄弟だが、絆は強そうだ。

「邪魔した」

京四郎は小部屋を出ると、帳場に向かった。

帳場をあずかっていた男が、

「常蔵《つねぞう》って言います。今後ともよろしくお願いいたします」

と、丁寧に挨拶をした。

京四郎を亀吉の客人と思ったようだ。

京四郎はうなずくと表に出た。痩せぎすと小太りのふたりが、ぺこぺこと頭をさげ、京四郎を見送った。

六

数日後、根津権現の門前町にある京四郎の屋敷に、小室がやってきた。御殿の客間で、松子とともに面談に及ぶ。

「亀吉に会ってきたぞ。顔はそっくりなのに、まるで正反対の男だな」

京四郎が評すると、

「いかにも……」

不安そうに、小室は視線を揺らした。

「小室さん、あんた、なぜ亀吉のことを隠していたんだ」

あらためて京四郎は問いかけた。

「ですから、以前にも申したように、小佐野家とは無関係のお方ですので……」

口ぶりからして、いかにも後ろめたさが漂っている。

「玄蕃殿は、ずいぶんと亀吉と親しんでいるようだな。賭場にも出入りしていると聞いたぞ」

「それは……」

小室は、心苦しい、というようにうなだれた。

「あんたの目的は藩を守ることだろう。そのためには、なんとしても藩の醜聞は潰さねばならない。藩主の弟が鬼面辻斬りなどと知れわたれば、お取り潰しになりかねないからな。ここは穏便に玄蕃殿を廃し、親戚筋から無難な跡継ぎを用意する必要がある」

「え、ええ。前にも申したように、拙者はそう考えて……」

「だが、もしかすると鬼面辻斬りの正体は、弟の亀吉なのではないか。真相はまだわからぬが、少なくともその可能性はあると、あんたは思っている」

「そ、そんな……」

「だがあんたはあえて、おれに亀吉の存在を知らせず、無実かもしれない兄の玄蕃殿を斬らせようとした。それはなぜだ?」

物騒な内容を話しながらも、京四郎はにんまりとした。

「うっ……」

苦しそうに小室は呻いた。

「さっきも言ったけど、あんたにとっては藩を守ることこそが、第一の目的。そのためには、いっそ善悪定まらぬ玄蕃殿に消えてもらうのが、いちばんだと思ったのだろう。玄蕃殿が本当に鬼面辻斬りだったとすれば、当然、その事実は闇に葬らねばならない。一方で、玄蕃殿が亡くなってからも辻斬りが続いた場合、亀吉の仕業だったというわけで、それはそれで藩とは無関係の話となる。どちらに転んでもいいように、あんたは安全策をとったわけだ」

京四郎の説明に、小室は黙ったままであったが、やがて重い口を開いた。

「……すべては、藩を守るためでござる。殿に仕える武士として当然の……」

それを京四郎は、薄ら笑いを浮かべて制した。

「そりゃあ、武士としては忠義なんだろうけどよ。藩の安寧のため、無実かもしれないのに殺されるってのは、たまったもんじゃないな」

「………」

もはや小室には、返す言葉もないようだった。

ここで京四郎は立ちあがり、

「聞いたとおりだぜ」

と、閉じられた襖に向かって声を放った。

襖が開き、玄蕃が現れた。

「玄蕃さま……」

小室は口を半開きにして玄蕃を見あげていたが、やがて両手をついた。

黙ったまま、玄蕃は小室の前に座った。

「お許しください」

震える声で、小室は言う。

対する玄蕃は、穏やかな表情のままだ。

「いえ、お許しなど請うてはなりませぬ。拙者、腹を搔っさばいて、お詫び申しあげます」

と、小室は脇差の柄に右手をかけた。

すると、

「やめよ」

玄蕃は言った。

「玄蕃さま……」

絶句した小室に向かって、玄蕃は穏やかに告げた。

「そなたのおこないは、御家を思ってのことであろう。わたしは、そなたの死は望まぬ」

「ですが拙者は、玄蕃さまのお命を殺めようと企てた不忠者でございます」

「それは、わたしへの不忠であろう。しかし、小佐野家を裏切ったわけではない。いや、むしろ小佐野家を確実に救わんとしたおこないだ。藩主の親族が辻斬りをおこなったなど、噂が広まっただけでも危うい。公儀がどう動くかは、予想がつかぬからな。確実なのは、噂のもとを根っこから断つことじゃ。わたしでもそう考えるだろう」

「そうとは申せ、拙者は玄蕃さまを……」

理解を示す玄蕃に、小室は絞りだすような声を発した。

「そなたは、いまもわたしを殺したいか」

玄蕃が目を凝らすと、

「滅相もございません」

声を大きくして小室は答えた。

玄蕃はひとつうなずき、

「では、もうよい」

と、諭すように声をかけた。小室は顔をあげ、玄蕃と目が合うとふたたび面を伏せた。

「これからも兄のため、藩のために尽くしてくれ」

凛とした声音で、玄蕃は語りかけた。

ここにきて、むせび泣いた小室に向けて、松子が労りの声をかける。

「ようございましたね」

「もったいのうございます」

泣きながらも、小室はしきりに繰り返した。

「……さて、亀吉であるな」

場を仕切り直すように、玄蕃が言った。口調は、いかにも悩ましげであった。

「おれが成敗してやろうか」

京四郎の言葉に、玄蕃は短く首を横に振った。

「わたしが斬る」

「玄蕃さま……まさか、そのような」

泣いていた小室が、はっと顔をあげた。

「なりませぬ。血を分けたご兄弟ではありませぬか」

「それゆえ、わたしの手で始末をつけねばならぬのだ」

玄蕃は悲壮に顔を歪めた。

「しかし……」

小室が視線を京四郎に送ってくる。

それを察した玄蕃は、

「徳田、これはぜひとも、わたしが始末をつけねばならぬ。双子の兄のこの手で、亀吉を斬ってやる。それが、亀吉のためにもなるのだ」

わかってくれ、と玄蕃は言い添えた。

「まあ、気持ちはわかりますよ」

京四郎は理解を示し、松子もうなずいた。

「よし、これで決まりだ。小室、わたしが亀吉を斬るぞ」

念を押すようにして、玄蕃は決意を示した。

七

数日後、玄蕃が亀吉を斬ったと、小室から知らされた。玄蕃はいつものように屋敷を出て、油断しきっていた亀吉を殺し、そのまま逃げだしたのだという。

当然、亀吉の子分たちは大騒ぎしただろうが、時をあわせて玄蕃は奉行所にも通達し、賭場は摘発されたそうだ。

京四郎は、小佐野家上屋敷内にある玄蕃の住まいを訪れた。

玄蕃は小室とともに、京四郎を迎え入れてくれた。

「このたびは、おつらい役目をよくぞ成し遂げましたな」

京四郎は、玄蕃を労わった。

「心配をかけた」

軽く頭をさげた玄蕃を、京四郎はじっと見据えた。

玄蕃は首を傾げ、

「いかがした。わしの顔になにかついておるのか」

と、笑みを浮かべながら問いかけた。

「なにかついておるというより、おかしいのだよ。今日の顔がな」

いささか乱暴な口調となって、京四郎は言った。

「なんじゃと」

きょとんとなった玄蕃の横で、

「おふざけですか」

小室が批難めいた言葉を投げかけてきた。

「ふざけてはいないさ」

京四郎は腰をあげて、玄蕃の前に立った。次いで腰をかがめ、じろじろと玄蕃の顔をのぞきこむ。端整な面差しを歪め、玄蕃はそっぽを向いた。

「今日は黒子がないな」

京四郎の言葉に、はっとなった玄蕃は、思わず手で顔を探った。

「あんた、玄蕃じゃなくて、亀吉なんじゃないのかい。いや、逆かな」

「なにをおっしゃいますか」

たまらずに、小室が抗議の声をあげる。

「だって、ほら、こうすると……」

やおら、京四郎が玄蕃の顔をいじくりはじめた。

「無礼者！」

大きな声をあげた玄蕃であったが、その右頬には黒子があった。京四郎が、付け黒子を貼ったのだ。

「これで、亀吉と見分けがつかなくなった」

京四郎は、しげしげと玄蕃の顔を見た。思わず玄蕃が面を伏せる。

小室は、京四郎の蛮行をおろおろとして見守るばかりであった。

ここで京四郎は表情を変え、玄蕃を睨みつつ見おろした。

「往生際が悪いぜ。ここらで本当のことを打ち明けたらどうだ」

面を伏せていた玄蕃の肩が揺れた。最初は小刻みであったのが見る見る激しさを増し、ついには、

「はははははっ！」

玄蕃は顔をあげると哄笑を放った。

端整な面差しが激しく歪み、常軌を逸したかと思わせた。

「玄蕃さま……」

唖然となり、小室は膝から頽《くずお》れた。

ほどなくして玄蕃は表情を引きしめ、京四郎の前に立った。

「そうだ。わしは小佐野玄蕃であると同時に、亀吉だ」

すかさず小室が、必死の形相で訴えかける。

「玄蕃さま、お戯れはおよしください」

「戯れではない……いや、戯れであったわ。はじまりはな」

玄蕃は淡々と語った。

なおも話を遮ろうとする小室に、

「玄蕃さま！」

「あんたは引っこんでろ」

京四郎は言い放つや、小室の頰に軽く平手打ちを食らわせた。小室は悲鳴をあげ、うずくまった。

「さあ、うるさいのがおとなしくなった。腹の中にあるものを全部吐きだせ」

京四郎にうながされ、玄蕃は話を再開した。

「ほんの遊びであった。半年前であったか。両国界隈を散策しておると、声をかけられた」

玄蕃は供もつけず、ひとりで江戸市中を散策するのを楽しみにしていた。家臣たちからは止められたが、無視して出歩くうちに、いつしかそれが常態化した。

すると、単なるそぞろ歩きでは満足できなくなった。神社、仏閣の参詣には飽き、盛り場を冷やかすようになった。それも、芝居小屋や見世物小屋をのぞくだけではなく、悪所に足を踏み入れたいと思うようになった。

「さすがに吉原は勝手がわからぬからな。上野、浅草界隈の岡場所に出入りするようになった。昼から酒を飲み、女を侍らせた。それまでの堅苦しい暮らしぶりの反動というものか、あるいは、わたしの身体に弟と同様、やくざな血が流れていたのか……」

玄蕃はニヤリと笑った。

大名家の次男坊、部屋住みの身であった玄蕃は、捨扶持をあてがわれ、ひたすら武芸と学問の日々を送っていた。武芸がいくら上達しようが、いくら学問を研鑽しようが、それを役立てる機会などありはしない。

「単なる暇潰しでしかなかったのだ」

玄蕃は吐き捨てた。

「それが遊びを覚えて、暮らしぶりが変わったってわけだな」

京四郎が確かめると、玄蕃はうなずいて話を続けた。

「酒と女とくれば、あとは博打だ。しかし、さすがに賭場に足を踏み入れるのは憚られた。慣れない博打に手を出せば、身ぐるみはがされるのが落ちだろう。まさか、小佐野因幡守の弟だとは名乗れんからな」

それでも、賭場が開かれているという盛り場近くをうろついていると、

「そこで声をかけられた。親分、とな」

玄蕃は、亀吉の子分から呼び止められたのだった。

「双子とあって、わたしと亀吉は瓜ふたつの面差し。それに、宗十郎頭巾で頬は隠れておったからな。黒子の有無で区別もできぬ。子分も間違ったのだろう」

子分とやりとりをするうちに、弟の亀吉が博徒の親分となっていることを知った。弟への懐かしさと博打への興味から、亀吉を訪ねてみることにした。

「子分は間違ったことを平謝りに謝ったが、わたしが亀吉と会いたいと言うと、喜んで賭場まで案内してくれた」

「そこで兄弟、感動の再会を果たしたってわけかい」

からかうような口調で京四郎は問いかけたが、

「そうだ」

玄蕃は大真面目に答えた。

幼いころ、別れ別れとなった弟の行方を、玄蕃は折に触れ案じていた。

「五つのとき、亀千代は小佐野家を出された。それでも、一緒に凧あげや歌留多取り、それに、剣術の稽古をした覚えはある。別れがつらかった。小佐野家を出てからの亀千代の消息は、兄も母も家臣どもも話してはくれなかった。小佐野家との関係が切れた者ゆえな」

しかし、双子の絆のせいか、玄蕃は亀千代を思いださぬ日はなかった。

「それが、思いもかけぬ形で会うことができたのだ。亀千代、いや、亀吉もわたしとの再会に驚きながらも喜んでくれた」

時もお互いの立場も超えて、兄弟は打ち解けて楽しく語らった。

「それから、亀吉の賭場に出入りするようになった。亀吉は気遣ってくれて、ずいぶんと儲けさせてくれた。そのうち……」

言葉を止め、玄蕃は小さく息を吐いた。

「どうした」

興味深そうに、京四郎は問いかけた。

玄蕃は楽しげな顔つきとなり、口調も明るくなった。

「亀吉がわたしに、自分に成り代わってみろ、と言ったのだ」

ほんの遊びのつもりで、玄蕃は亀吉を演じてみた。すると、子分や賭場の常連客も、いっさい疑うことはなかった。

「亀吉は、付け黒子を用意してくれた。もちろん、着物も貸してくれ、髷も博徒風に結い直した」

思いだすかのように、玄蕃は京四郎に貼りつけられた黒子をはがした。

「あんな愉快なことはなかった。まんまと欺かれた者どもの顔を思いだし、亀吉とふたりで笑い転げた……」

ここまで語ったところで、玄蕃の口調が鈍り、表情が曇った。

京四郎が訝しむと、

「三月ほどが経ったころ、亀吉から、労咳《ろうがい》を患《わずら》っていると打ち明けられた」

余命いくばくもない、もって半年だ、と亀吉は語った。

「亀吉は、自分が死んだら半年だけ自分のふりをして賭場を開帳してほしい、と頼んできたのだ」

さすがに、主だった子分たちには、玄蕃が亀吉の身代わりになることを伝えた。半年の間だけ賭場を営み、そこで得た寺銭で、その後の子分たちの暮らしが成り立つようにしたかったのだ。

「わたしは、弟の頼みを聞き届けた。承知したのは弟への憐憫《れんびん》に加えて、わたし自身が博徒の親分を気どる快感を覚えてしまったからだ」

こうして玄蕃は、大名家と博徒の親分の二重生活をはじめた。

「賭場とは鉄火場と申すが、亀吉亡きあと賭場を仕切ってみると、血が昂ぶってしかたがなくなった」

猛る気持ちを静めるため、玄蕃は縁切り稲荷に通うようになった。

「なぜ稲荷を参拝したのだ」

京四郎が問いかけると、

「深い意味はない。屋敷の近くで、ひとけが少ないからだ」

縁切り稲荷で素振りをし、血気に逸る心を落ち着かせていると、横暴亭主に泣かされている女たちがたくさんいることを知った。斬ったほうが女房ばかりか世のためであろう、と確信した。

ひそかに女房のあとをつけ、亭主の所在を確かめると、辻斬りを繰り返すようになった。

まさに、小佐野玄蕃の正義の心と、亀吉の荒れくれた気性が重なりあっての凶行と言えるかもしれない。

「さて、おれの事情はわかってくれたと思うが……おまえを、このまま帰すわけにはいかなくなったぞ」

玄蕃の表情がすっとなくなり、声音も厳しくなった。

「ほう、おれを斬るつもりかね。やめときなよ」

あくまで気楽な口調の京四郎に対し、玄蕃の視線は冷たい。

「おっと、その前に……」

玄蕃は小室に視線を向けた。

「な、なんでござる」

もはや状況がまったくつかめないようで、小室は不安げに返した。

「拙者、ひたすら、玄蕃さまと藩のためを思い……」

しどろもどろで言い募る小室を、

「黙れ！」

玄蕃が一喝した。

小室は息を呑んで押し黙った。

「貴様は、藩のためにわたしの命を奪おうとしたな。この前は許すと申したが、腹のうちは怒りで煮えたぎっておったぞ。よもやこうなっては、おまえを生かしておく理由はない。わたしを裏切った罪を償ってもらおう」

玄蕃の言葉に、小室はなにも言い返せず固まってしまった。

下手に刺激しては危ない、と京四郎も推移を見守っていたが、このままの状態が続くのもよくない。すると、ようやくにして小室が口を開いた。

「拙者は……玄蕃さまを藩主に……玄蕃さまこそが、藩主にふさわしきお方だと思っております。これからは、けっして玄蕃さまを裏切ることなど……」

あくまで小室は、玄蕃への忠義心を言いたてた。

「そうか。ならば、貴様の忠義に報いてやろう」

玄蕃はすばやく抜刀するや、京四郎が止める間もなく、小室に斬りかかった。

「お、お許しを……」

その言葉を最期に、哀れにも小室は、容赦なく肩口から斬りさげられた。

血飛沫が飛び散り、濡れ縁にばったりと倒れ伏す。

「始末をつけたつもりか」

乾いた口調で、京四郎は言った。

玄蕃は、血に染まった白刃を鞘に納めることなく、

「みなの者！」

大声を発し、続いて、

「この曲者《くせもの》！　藩邸にまぎれこんだ浪人め。よくもわが忠臣、小室伝兵衛を殺めてくれたな。この場にて成敗をしてやる」

玄蕃の目は、異様な光を帯びている。血に飢えた悪鬼の形相だ。

もはや正気を失いつつあるのか、玄蕃は左手を懐中に入れると鬼面を引っ張り

出し、歪んだ顔につけた。

「こりゃ、鬼面辻斬りの登場だな。いよ！　鬼面侍！」

京四郎は両手を打ち鳴らし、舞台上の役者にかけるような声をあげた。

当然ながら、玄蕃が応じて見得を切るはずもなく、血刀を振りかぶって京四郎に迫った。

京四郎は後ずさりし、濡れ縁に立つや庭に飛びおりた。

「鬼さん、こちら、手の鳴るほうへ」

と、からかいの言葉を投げかける。

「きえ～！」

玄蕃は奇声を張りあげ、京四郎を追いかけてきた。

庭の真ん中に至ったところで、やおら京四郎は立ち止まり、

「お相手いたそう」

伝法《でんぽう》な物言いとは一変、練達《れんたつ》の武芸者然とした厳《おごそ》かな口調で語りかけると、静かに妖刀村正を抜く。

片身替わりの華美な装いの京四郎は、徳川家の武威と村正が醸しだす玄妙の世界に棲んでいた。

対して玄蕃は肩を怒らせ、全身から殺気をこれでもかと発散している。

「鬼は冥界に去るがよい」

京四郎の言葉に、

「おまえが死ね！」

玄蕃は怒声を放つ。

「この世の名残にお目にかけよう。秘剣雷落とし」

村正を下段から大上段に向けて、ゆっくりと揩りあげてゆく。玄蕃は切っ先に目を奪われ、身動きができない。

すると、突如として京四郎の姿が闇に隠れた。ところが、村正のみは妖しい光を放っている。

茫然と立ち尽くしていた玄蕃だったが、

「おのれ！」

わめきながら京四郎に突進してきた。

そこへ、村正が振りおろされる。

闇を切り裂く雷が奔《はし》り、玄蕃の肩から鳩尾《みぞおち》に斬りおろされた。鬼面を付けたまま、玄蕃は前のめりに倒れた。

その直後、大勢の足音が近づいてきた。

騒ぎを聞きつけた、小佐野家の家臣たちだ。

彼らは、玄蕃と小室伝兵衛の無残な亡骸を見て悄然となった。

だが、京四郎はまったくあわてることなく、

「おれは天下の素浪人、徳田京四郎。小佐野家用人、小室伝兵衛殿の依頼により、世間を騒がす鬼面辻斬りを成敗した。残念ながら、小室殿は鬼面辻斬りの手にかかってしまったが」

懐紙で白刃を拭い、納刀した。

家臣たちは顔を見あわせ、どう対応すべきか迷っている。

すると、

「殿……」

という声が、家臣の間から漏れ聞こえた。家臣の輪が両側に分かれ、白絹の寝間着姿の侍が、小姓に支えられながら京四郎の前まで歩いてきた。

小佐野因幡守昌尚であろう。

昌尚は、蒼白い顔を京四郎に向けた。

「徳田殿の噂は耳にしておる。天下無敵の浪人殿であるとか。さすがのお手並み

であるな。当家に逃げこんだ鬼面辻斬りを、見事に成敗なさった。いや、あっぱれだ」

意外にも、口調はしっかりしている。もしかすると、病はひとまず快方に向かっているのかもしれない。

京四郎は軽く頭をさげた。

「徳田殿、武士の情け。弟のことはどうかご内聞に願いたい」

昌尚は深々と腰を折った。それに続いて、家来たちもその場に平伏する。

京四郎は顔に空疎な笑みを貼りつかせ、

「ままよ、因幡守殿の勝手になされ。おれは天下の素浪人、大名家のごたごたにかかわる気はない」

と、乾いた口調で告げると、その場を足早に立ち去った。

去りゆく京四郎の背中に、昌尚はふたたびお辞儀をした。

煌《きら》びやかな片身替わりの小袖が、小佐野家の者たちの目に眩《まぶ》しく映った。

数日後のこと。

夢殿屋に、小佐野因幡守昌尚から鰹《かつお》が届いた。国許である内房の海で捕れた、戻り鰹であるという。

京四郎は、淡泊な味わいの初鰹よりも、脂身の乗った戻り鰹のほうが断然好きだった。

大皿に盛られた分厚い鰹の切り身を箸でつまみ、たっぷりと辛子《からし》をつける。

「つけすぎですよ」

松子の注意に、

「これが美味いのだ」

その言葉を証明するように、京四郎は切り身を頬張った。咀嚼《そしゃく》すると、鰹の甘味と辛子の辛味が溶けあい、酒が欲しくてたまらない。

松子もならって、切り身に辛子を多めにつけて口の中に入れた。

途端に顔をしかめ、水を求める。

「もう……京四郎さまったら、嘘つき」

椀に入った水を、松子はごくごくと飲み干した。

京四郎は満面の笑みで、鰹を食べ続ける。ときおり見せる空虚で乾いた笑顔ではなく、心底からの喜びに溢れていた。

第三話　助太刀の駆け落ち

一

今回、松子が根津権現門前にある徳川京四郎の屋敷に連れてきた依頼人は、姉弟のふたりであった。

葉月五日、すっかり秋めいた昼さがりである。

ふたりとは、豊前国諫早《いさはや》藩の藩士、依田左馬之介《よださまのすけ》と姉の麗香《れいか》である。左馬之介は十六歳の若侍、麗香は二十歳の年増であった。

自邸とあって、京四郎にしては地味な紺地無紋の小袖を着流している。それでも、儒者髷にした髪を調える鬢付け油の甘い香りと涼しげな目元、高い鼻、薄い唇が、とても浪人とは思えぬ高貴さを漂わせている。

松子から、姉弟が手土産としたカステラを渡された。諫早は長崎に近いため、長崎に渡来する阿蘭陀《おらんだ》国の食べ物を土産にしたのだそうだ。

「気が利いてらっしゃいますねえ」

松子は褒めあげた。

いかにも貴重な菓子であるのを示すように、カステラは細長い桐の箱に入れられている。松子が蓋《ふた》を開けていいかと、京四郎に目配せをした。京四郎がうなずくと、松子は蓋を取った。

甘やかな香りが、鼻孔に忍び入った。一瞬にして、異国情緒を感じた。

松子が箱ごと持ちあげる。焦げ茶色の表面に、玉子色の身が艶やかだ。目を輝かせながら、松子は箱を畳に置いた。

「江戸の仇《かたき》を長崎で討つとは聞くが、長崎の仇を江戸で討とうというのか……」

つい、軽口を叩いてしまったが、さすがに不謹慎だと思って笑うことはできなかった。

取りなすように、松子がふたりを安心させる。

「京四郎さまに助太刀をいただければ、仇討ち本懐《ほんかい》を遂げたも同然ですよ」

「あの……」

遠慮がちに、姉が紙包みを置いた。松子がそれを取り、一礼すると中をあらためる。小判が十枚、すなわち金十両である。

「足りないようでしたらおっしゃってください」

麗香は京四郎を見た。

「金はあずかっておく。働き次第で、よけいにもらうかもしれぬし、いくらか返金するかもしれぬ。手間賃はともかく、菓子は遠慮なくいただこう」

穏やかに京四郎は言った。

「よろしくお願いいたします」

ふたたび麗香がお辞儀をすると、弟も頭をさげた。

「まずは、仇討ちの経緯を聞こうか」

京四郎に言われ、麗香が話をはじめた。

「仇は本庄主水《ほんじょうもんど》と申しまして、諫早藩の藩士です」

本庄は、諫早藩の郡方《こおりかた》の役人であった。

諫早藩大杉《おおすぎ》家は五万五千石の外様大名である。鎌倉時代からの土豪で、戦国の世には独立した大名となった。豊臣秀吉の九州征伐で秀吉の軍門にくだり、五万五千石の大名と認められる。関ヶ原の戦いでは出陣をしなかったが、東軍側であったため、徳川家康から本領安堵され、以後、代々の藩主は肥前守《ひぜんのかみ》を名乗っているという。

諫早の地は長崎に近く、長崎警固の役目を担っていた。

もっとも、五万五千石の小藩とあって、同じく長崎を警護にあたる佐賀藩鍋島家三十五万石が三百人常駐させているのに対し、はるかに及ばない五十人である。

それでも、諫早藩の財政には大きな負担であり、年貢の取れ高がなによりも重要であった。

したがって、領内を巡回し、年貢の取り立てをおこなう郡方の責任は重い。

麗香と左馬之介の父・辰之介《たつのすけ》は、郡奉行を務めていた。

昨年の収穫期、父の配下の本庄主水は領内を見まわり、荒廃ぶりを目のあたりにした。大きな嵐が何度も領内に襲来し、農地は荒れ果てたのだ。

「主水さまは領民たちの窮状を思い、年貢の軽減を父に訴えたのです」

京四郎は麗香が言う、「主水さま」という声の調子が、微妙に変化したことが気になり、話を遮った。

「もしかして、そなたと本庄は特別な間柄であったのか」

京四郎の問いかけに、麗香はしっかりと首肯し、

「許嫁でした」

仇討ち騒動がなければ、今年の春に祝言を挙げる予定であったそうだ。

「すまぬ、話の腰を折ったな」

続けてくれ、と京四郎はうながした。いまの答えからして、単なる仇討ちではないことが予想された。

「父は拒絶しました。御家の台所は苦しい。大坂や長崎の商人から借財をして、どうにかやりくりをしている。商人への借財には、年貢の一部が担保に入っているのだ、というのが父の言い分でした」

麗香は感情が昂ぶったのか、言葉を詰まらせた。

ここまで聞いただけで、おおよその察しはついた。領民思いの本庄と、御家の命令に忠実な父辰之介との間に遺恨が生じ、本庄は心ならずも辰之介の命を奪ったのではないか。

「松子、カステラを食おう」

京四郎は、カステラが入った桐の箱を松子に手渡した。黙って松子は、座敷から出ていった。カステラが届くまでの間、麗香は父と主水の確執を語った。

日頃から、ふたりの間で、意見が対立することは珍しくなかったそうだ。

主水は領民側に立ち、辰之介は御家の事情を優先する。

郡奉行と郡方の平役人の立場の違いであるが、

「主水さまは、領民を思う慈しみ深いお方だったのです。親不孝を承知で申しますが、父は我が身大事、上役の言いなり、という人でした。役目をそつなくこなすことしか頭になかったのです」

麗香の目は真っ赤に腫《は》れた。

「すると、年貢の軽減を拒絶されたのが原因で、主水はそなたの父を殺《あや》めたのだな」

京四郎が確かめると、

「原因はそれですが、事件が起きたのは宴席であったのです。そこで、父と主水さまが対立しました。主水さまはあくまで冷静に対応したのですが、父は上役の立場からか、主水さまに対して強い態度に出て、それはもう、ひどい言葉で罵ったそうです」

そのあげく、主水は辰之介を斬って、御家から逐電《ちくでん》したのであった。

非は辰之介にある、と麗香は思っているようだ。しかし、父を殺されたからには仇討ちをせねばならない。そうでなければ、弟の左馬之介は大杉家に帰参できないのである。

そこへ、松子がカステラとお茶を運んできた。

「せっかくだから、いただくよ」

京四郎は、小皿に盛られたカステラを手づかみにした。黒文字が添えてあり、それで切り分けて食べるべきなのだろうが、そんなのは面倒だ。礼儀正しく食べるより、よほど美味いのだ。

むしゃむしゃと咀嚼をすると、カステラ独特の甘みが口中いっぱいに広がる。餡とは違う甘味と、饅頭とは違う歯応えだ。

「お相伴にあずかります」

松子も嬉々として食べはじめたが、麗香の思いつめたような顔つきを見ると笑顔を引っこめ、黙々と食べ終えた。左馬之介が恨めしそうな顔をしている。

「食べたらどうだい」

京四郎が勧めると、左馬之介は手を出そうとしたが、麗香にたしなめられ、伸ばした手を戻した。

「ま、いいじゃないか」

京四郎が繰り返し勧めると、左馬之介は麗香の許可を求めるような目をした。しかたなく、麗香もうなずいた。

「事情はわかった。つらい仇討ちだな……」

京四郎は、左馬之介に視線を向けた。美味そうにカステラを頬張る左馬之介を横目に、麗香が言った。

「主水さまは左馬之介にも優しく接しておりました。左馬之介は主水さまを、兄のように慕っておりました」

この言葉を聞き、左馬之介はカステラを食べる手を止めてしんみりとなった。

「それでも仇討ちをしなけりゃいけないのですね。お侍は大変だ」

松子が同情を寄せる。

「ところで、主水が江戸にいるというのは、どうしてわかったのだ。藩邸の者が見かけたのか」

京四郎の問いかけを、麗香はやんわりと否定して、

「主水さまから文をいただいたのです」

と、言った。

「へ〜え、仇から連絡があったのですか」

松子が驚きの顔つきとなった。

「主水さまは、江戸に住まいしている、と文にしたためられ、父を斬ったのは事

実で自分はふたりの仇だ。だから自分を討て、と書いてこられたのです」

「優しいお方じゃないですか」

松子の感想をよそに、ふと京四郎は疑問に思った。

「おそらく、主水はみずから討たれようと思っているようだな。とすれば、助太刀なんぞ不要ではないか」

「あ、ほんとだ」

松子も首をひねった。

心持ち顔を伏せ、麗香はうなずいた。

「まことにすみません。徳田さまには、主水さまの逃亡を助太刀していただきたいのです」

「だが、主水に逃げる気はないのだろう」

「そうなのです。ですから、わたくしは主水さまを仇とは思っていない、と伝えるつもりです」

「それでは、諫早藩の者は承知しないだろう。とくにそなたの依田家はな。それに、仇討ちの本懐が遂げられなければ、左馬之介の帰参もできまい」

京四郎が言うと、

「あ、そうか、そういうことね」

と、つい松子は両手を打ち鳴らしてしまい、あわてて麗香と左馬之介に向かって笑顔を取り繕ってから、

「なるほど、主水さんの替え玉を用意するんでしょう。あたかも、仇討ちを遂げたかのように見せかけるのね」

「違います」

すぐさま、麗香は否定した。

「あら、違うの……」

松子は不満そうに問い直す。

「替え玉となれば、亡骸を用意しなければなりません」

「だから、替え玉の用意を、京四郎さまに頼むんじゃないの」

「そりゃ、まっぴら御免だぜ。替え玉のために殺しなどできん」

右手をひらひらと振って、京四郎は断った。

するとと麗香は心外の様子で、

「そんなことは頼みませぬ。いくら事情があっても、罪もない人の命を奪っていいものではありませんから。わたくしは主水さまと遠くへ行き、そこで暮らした

いのです」

と、本心を打ち明けた。

「駆け落ちか」

京四郎はつぶやき、左馬之介に視線を向けた。

「そなたはどうするのだ。主水を討たなければ、藩に帰参できまい」

すると左馬之介は、

「侍は捨てます」

と、なんでもないことのように言った。

「捨てる、とはどういうことだ。大杉家や諫早の地には帰らぬのか」

「わたしは、侍は性に合いません。侍を捨て、菓子屋になりたいのです。菓子が大好きですし、菓子を食べているとみな笑顔になります。わたしは人々が喜ぶ菓子を作りたいのです」

意外な願望を、左馬之介は熱っぽく語った。

なおも京四郎が問いかける前に、

「そういえば、このカステラのお味、いかがでしたか。なにを隠そう、左馬之介がこさえたのです」

麗香が言った。

「美味しいわよ。これ、すごく美味しい」

松子は褒め称えると、左馬之介は嬉しそうな顔をした。

「菓子屋か……」

京四郎が思案をはじめたところで、松子がふたたび口をはさんだ。

「そりゃ、たいしたもんだ。いや、あたしは感心したよ。そうだよ、そうだよ、侍なんてさ、ろくなもんじゃない。体面ばっかり気にして……それでいて威張ってばかりいるだけで、米ひと粒、釘一本打つこともできないんだからね。まさに世の中のごく潰しさ」

自身が御家人の家に生まれたとあって、松子の口調は熱を帯びたが、

「あ、いや、京四郎さまは別ですよ。京四郎さまは、まことにご立派なお侍ですからね」

あわてて言い繕った。

京四郎は苦笑を浮かべつつ、麗香に尋ねる。

「取ってつけたようなことを言わなくていい。それよりも、おれの役目はなんだ。見ず知らずのおれの説得など、主水は受け入れやしないぞ」

「いえ、説得はわたしがおこないます。徳田さまには、諫早藩大杉家の家臣たちから主水さまを守ってほしいのです。仇討ちの場所には、検分役として大杉家中のご家来衆がいらっしゃいます。複数の者が立ち合うのです。おそらくは、わたくしと左馬之介に助太刀をすることと思います」

「その者たちから、主水を逃がすというわけだな」

京四郎は松子を見た。

「おもしろいわ。そんな仇討ち、聞いたことがないもの」

どうやら、読売屋の好奇心に火がついたようだ。

「どうか、お引き受けください」

麗香が頼むと、左馬之介も両手をついた。

「わかった、引き受けよう」

京四郎が承諾すると、麗香も左馬之介も安堵の笑みを漏らした。

「では、仇討ちの果たしあいの日時と場所を教えてくれ」

「五日後の明け六つ、場所は両国東広小路、回向院近くの火除け地です」

麗香は簡潔に答えた。

「わかった」

京四郎の力強い言葉を聞き、麗香と左馬之介は引きあげていった。

ふたりがいなくなってから、

「あたしも立ち合いますよ」

当然のように、松子が申し出た。

「勝手にしろ。それより、ずいぶんと風変わりな依頼だな」

「まったくですよ。こんな仇討ちの助太刀は、聞いたことありません。でも京四郎さま……駆け落ちの助太刀なんて、ちょいと粋《いき》じゃござんせんか」

「ふん、伊達や酔狂で助太刀なんぞするものではない……が、読売にはうってつけの一件だな。さて、大杉家の者たちは、いかにするだろうな」

京四郎は顎を掻いた。

二

果たしあいの日を迎えた。

葉月十日の朝、京四郎は松子をともない、指定の回向院近くの火除け地にやってきた。

天高く青空が広がり、鱗雲が光っている。さわやかな風が吹き抜け、刃傷沙汰にはおよそ不似合いな秋日和だ。

仇討ちの助太刀とあって、京四郎は紺地無紋の小袖に裁着け袴という落ち着いた装いである。それでも、隙のない凛としたたたずまいは、浪人特有のうらぶれた雰囲気とは無縁だった。松子も、地味な紺地無紋の小袖に、草色の袴を穿いている。袴を穿くのは、読売屋は動きまわるべし、という松子の信条である。

一方、麗香と左馬之介の姉弟は、すでに到着していた。ともに白装束を身に着けている。それを見て、京四郎は武者震いをした。

麗香と左馬之介は、緊張の面持ちで京四郎に一礼した。

麗香が言った。

「大杉家中には、明け六つ半と告げております」

大杉家中の者たちがやってくる前に主水と話がしたい、という麗香の意図であった。

すると、麗香の考えを実行するがごとく、主水と思《おぼ》しき侍がやってきた。地味な木綿の小袖に袴を身に着けているが、きちんと洗われ、京四郎とは違う意味で浪人らしからぬいでたちだ。貧しい暮らしをしているのだろうが、武士らしいたたずまいがあった。

主水は京四郎と松子を見て、怪訝な顔をした。麗香が主水に、万感の思いのこもった目を向ける。

「麗香殿、左馬之介殿、わたしは貴殿らの仇だ。逃げも隠れもせぬ。正々堂々と討ち果たされよ」

主水は、麗香と左馬之介に言った。

麗香が、

「主水さま、わたくしも左馬之介も、主水さまを仇とは思っておりませぬ。悪いのは父です」

と、語りかけると左馬之介も、

「主水殿、果たしあいなんかやめましょう」

と、眦《まなじり》を決した。

「それはできぬ。そなた、そんなことでは帰参できぬぞ」

諭すように主水は、左馬之介に言った。

「帰参する気はありませぬ。わたしは侍を捨て、菓子屋になるのです」

自分の決意を、左馬之介は打ち明けた。

「左馬之介殿……貴殿が、菓子作りが得意なのは存じておったが、貴殿はあくまで武士だ。士道を貫かねばならぬぞ」

「一度しかない生きざまです。わたしは料理人として生きたい」

左馬之介の力強い言葉を受け、主水は麗香に視線を移した。

「主水さま、わたくしは主水さまの許嫁でござります。主水さまの妻として、お迎えください」

麗香は睫毛に涙を溜めながら訴えかけた。

「麗香殿……」

ことごとく予想していたことが外れ、主水は言葉を失ったようだ。

「はしたないと思われるかもしれませんが、わたくしは心のうちを打ち明けました」

白装束と相まって、麗香の覚悟が強烈に感じられた。

「し、しかし……わたしは貴殿らの仇であるのだぞ」

「ですから、仇とは思っておりませぬ。あくまで藩命で、仇としているにすぎないのです」

「藩命は重い……」

目を凝らした主水に、なおも麗香は言い募った。

「承知しております。それを承知のうえで申しておるのです」

ここにきて主水は口を閉ざしたが、ふと京四郎と松子に視線を向けた。

京四郎が軽い口調で答える。

「おれは浪人、徳田京四郎だ。麗香殿と左馬之介殿から、助太刀を頼まれてやってきた」

「助太刀ですか。ならば徳田殿、いざ、勝負をいたしましょう」

主水は刀の柄に右手を添えた。

「おっと、抜いちゃいけねえ。おれは、あんたと斬りあう気はない。麗香殿や左馬之介殿の気持ちを尊重する」

京四郎が言うと、

「助太刀を引き受けたからには、わたしと刃を交えるのが定法でありましょう」

主水は正論を述べたてた。

「おれは、ふたりに助太刀をした。ということは、ふたりの意向を実現させるために動くのが、当然だと思うぜ」

しれっと京四郎は言いのけた。

「それは屁理屈だ」

「屁理屈だろうがなんだろうが、助太刀を引き受けたおれはそう決めたんだ」

「そんな……」

困惑する主水に、京四郎は諭すように言った。

「あんた、命を捨てることはねえぜ。まだまだ、人生を楽しみたいだろう」

「わたしはおふたりの父上を斬ったのです」

「だから、麗香殿と左馬之介殿は、それを許すと言っているんだぜ」

「それは……そうかもしれませぬが」

死を覚悟して出向いてきただけに、主水はどうしていいかわからないようだ。

「なにも、死に急ぐことはない。人はいずれ死ぬんだ」

京四郎がわざと陽気に言ったところで、

「主水さま」

麗香は主水の胸に飛びこんだ。

「麗香殿……」

あからさまな麗香の愛情表現に、主水はたじろいだ。

ここで松子が訴えかけた。

「女に恥をかかせないでください。麗香さまは、覚悟を決めておられるのですよ。主水さま、麗香さまのお気持ちを受け止めてくださいな。お願いですよ」

「松子、たまにはいいことを言うじゃないか」

にやりとして京四郎が言葉を添えると、

「たまには、はよけいですよ」

松子も笑みを返した。

そうこうしているうちに、数人の侍が現れた。みな、襷掛けをし、額には鉢金を施し、裁着け袴という戦闘態勢である。聞くまでもなく、諫早藩大杉家の者たちだ。

彼らのなかから、ひとりの男が一歩前に出た。

「馬廻り頭、桐生清之進《きりゅうせいのしん》でござる。本日は、仇討ちの立ち合い、及び左馬之介殿がお望みならば助太刀いたす所存」

桐生は告げてから、怪訝な顔になった。

「麗香殿、左馬之助殿に助太刀いたす、天下の素浪人、徳田京四郎だ」

京四郎は桐生に名乗った。

「おお、それは頼もしい。ならば、我ら手出しはせず、立ち合いのみといたす」

桐生は京四郎の颯爽《さっそう》とした様子に、練達の武芸者と見なしたようだ。

「では麗香殿、左馬之介殿、それに本庄殿、どこへなりと行かれるがよい」

やおら京四郎が言い放つと、

「ありがとうございます」

麗香は深々と腰を折り、

「このご恩は忘れません」

左馬之介は興奮気味に礼を言い、

「かたじけない」

主水は静かに告げてから、麗香と左馬之介をともなって足早に立ち去った。

想定外の展開に、桐生たちは唖然と立ち尽くしていたが、

「徳田殿と申されたか……こ、これはいったい、いかなる次第でござる」

と、京四郎に詰め寄った。

他の四人も京四郎に歩み寄ろうとしたが、

「追え！」

桐生に命じられ、あわてて追いかけた。

ところが、京四郎はすばやく彼らの前に両手を広げて立ちはだかった。

「なにをなさる」

桐生が抗議をした。

「見たとおりだ。おれは、麗香殿と左馬之介殿の助太刀を買って出たのだ。麗香殿と左馬之介殿の望みが叶うよう、手助けをするまで」

京四郎の堂々とした主張に、

「そんな馬鹿な……」

桐生の言葉から、激しい嫌悪が感じられた。

「あんた、もういいじゃないか。仇を討つほうと討たれるほうが、納得のうえなんだから」

京四郎が言うと、

「仇討ちは、御家の認可がおりておる。個々人で決められるものではない」

桐生は、三人がいなくなった火除け地で地団駄を踏んだ。まわりの大杉家の者たちが、京四郎と刃を交えようとする。

とりわけ長身の男が敵意をむきだしにして、京四郎に向かおうとした。

「佐藤、やめよ」

と、桐生が強い口調で止めた。

「しかし、このまま引きさがるわけにはいかぬ」

佐藤は唸るような声音となった。

「それは、あんたらの勝手だ。だが、桐生さんとやらは利口だな。なにも無駄に剣を交える必要はない。それに……おれは強いよ」

そう言い残すや、京四郎は松子をうながしてその場から去ろうとした。

「三人はどこへ行ったのだ」

引き止めるようにして、桐生が問いかけた。

「知らないよ」

ぶっきらぼうに返すと、今度こそ、京四郎は足早に立ち去った。松子もあわてて続く。

「大杉家馬廻り役、佐藤一郎太《さとういちろうた》でござる」

あたかも捨て台詞のように、佐藤は大声で名乗った。

無言で京四郎の背を睨み、次に会ったならば絶対に刃を交えると、固く決意しているようだった。

三

十五日の昼。松子の店、夢殿屋に、京四郎は呼ばれた。

なんでも、大杉家馬廻り頭・桐生清之進が店に現れ、京四郎との面談を願っているということだった。

夢殿屋にやってくると、松子は客間に案内した。途中、奉公人にあれこれと指図を飛ばす。ネタを提供してきた者には早口で対応し、内容によって銭をやっていた。

「不忍池で河童《かっぱ》が出たそうですよ」

とか、

「大川をでっかい鯨《くじら》がさかのぼっていったんですって」

あるいは、

「この前の嵐の晩、龍と蝦蟇《がま》が寛永寺の境内で戦っていたのを、大勢が見物しましたよ」

などというあきらかなガセネタにも、

「そうかい。またおもしろいネタを持ってきてね」

などと言って、十文を手渡している。

忙しい女、そしてしたたかな読売屋だ、と京四郎は内心で感心した。

客間に入ると、果たして桐生が待っていた。

今日の京四郎は、左半身が紫色地に牡丹を白糸で縫い取り、右半身を草色地に茶糸で鷹が縫い取られている、片身替わりの小袖を着流している。

異形の浪人に桐生は目を見張ったが、すぐに畏まった顔で、

「徳田殿、畏れ多くも公方さまのお血筋とは……」

京四郎の素性に関する噂を耳にしたようだ。

「まあ、それはいいじゃないか。天下の素浪人・徳田京四郎でいいだろう」

京四郎がどっかと腰を据えると、松子が読売を一枚、畳に置いた。

「まだ、下刷りですけどね」

松子は断りを入れたが、麗香、左馬之介姉弟の仇討ち始末の記事だった。大杉家を含め、登場人物の名前は変えてあるが、内容は事実に基づいている。

「仇討ち恋情か……なかなか、うまいこと名付けたもんだな」

京四郎はうなずいた。

麗香と主水の恋を成就させるため、天下無敵の素浪人・徳川京四郎がひと肌脱ぎ、ふたりを大杉家中の追手から逃がすべく大奮闘した様子が、例によってど派手な絵とともに描いてあった。

実際は、仇討ちの助太刀という立場を考慮して地味な装いだったのだが、読売には豪華絢爛な片身替わり小袖姿に描いてあった。

「草双紙にもします」

嬉々として松子は言って、売れるぞ、儲かるぞ、とすでに算盤を弾いている。対して、さぞや激怒すると思いきや、桐生は薄笑いを浮かべながら記事を読み終えた。

それから、

「この読売は出さないほうがよかろう」

と、冷静に松子に語りかけた。

「そりゃ、桐生さまや大杉家中には不愉快でしょうがね、でも、大杉さまのお名前は出しておりませんし、体面を傷つけるようなことはしてはいません。それにですよ、ここ、よおくご覧になってください」

松子は早口でまくしたてると、記事の最後のほうを指差した。

そこには、結局、麗香と主水の恋情を認め、逃亡を黙認する桐生を思わせる人物が好印象に残るようにしたためてあった。

「でしょう」

松子はにっこり微笑み、

「こういうのを江戸っ子は好むんですよ。武士の情けってやつです。大杉家の評判は高まりますよ。あ、そうそう。桐生さま……」

甘えた口調で、上目遣いに桐生を見あげた。

桐生は渋面を作り、松子を見返す。

「この読売と草双紙、大杉家でまとめ買いをしてくださいよ。そうですね……二百ずつ」

調子に乗る松子を、

「そんなに買わなくても、まわし読みで十分だろう」

京四郎がたしなめたが、

「藩邸のみなさんは、まわし読みをすればいいんですよ。ですから、国許へのお土産です。そうそう、うちは錦絵も扱っていますからね。読売、草双紙、錦絵の三点をまとめてお買いあげくださいな。お安くしときますから」

松子の勢いは止まらない。

たしかに、江戸勤番になった侍たちは、江戸土産に錦絵を買って帰る。大杉家の勤番侍にとって、自藩が江戸で大評判となったとあれば、ちょっとした土産話にもなろう。

満面の笑みでよい返事を待つ松子であるが、桐生は渋い顔のままだった。

「しょせんは絵空事と申せばそれまでであるが、読売というものには、多少の真が含まれているものではないのか」

「よくお読みくださいよ。仇討ちにいたる事情とか、登場する男女はですよ、桐生さまや大杉家中のみなさまを含め、真じゃありませんか。あの場にあたしは居て、この目で見て、この耳で聞いていたんですからね」

松子はたじろがない。

「そうではない。そなたが見聞きしたのは、あくまでも表面上の出来事であると申しておる」

桐生の口調が淡々としているだけに、松子の不安を煽りたてるものだった。

「と、おっしゃいますと……真実というのは……」

歯切れの悪い物言いとなり、松子は助けを求めるように京四郎を見た。

京四郎は目で、桐生に話の続きをうながす。

桐生は静かに話を再開した。

「真実ではない話も、百歩譲って草双紙ならばよかろう。しかし、読売で売るのはやめるべきだ。なぜなら、そなたも徳川……いや、徳田殿も、真実を見誤っておるのでな」

「ほほう、その辺の事情を語ってくれ」

京四郎の表情が険しくなった。

「そ、そうですよ」

松子は口を半開きにした。

よかろう、と桐生は一拍置いて、話を続けた。

「依田麗香、左馬之介姉弟と本庄主水の仇討ち騒動には、じつは大きな問題が横たわっておったのです」

そう前置きをしてから、

「まず、本庄主水が当家の郡奉行・依田辰之介に対し、刃傷沙汰を起こした理由でござるが、領民救済と型どおりの年貢徴収の対立などではござりませぬ」

桐生は言いきった。

松子がなにか言おうとしたのを京四郎は制して、桐生に話を続けるようにうながした。

「本庄が依田を斬ったのは、おのれの不正を暴かれたからなのです」

「本当ですか……」

松子は唖然となった。

「嘘偽りを申しに、わざわざやってきたのではない」

桐生は冷静に返した。

京四郎は唇を噛み、真実を求めるように思案をめぐらせた。

「本庄は領内を隈なく見まわるうちに、隠れキリシタンの村を見つけたのです」

そこで桐生は、苦悶の表情となった。

諫早の地だけでなく、豊前は戦国の世以来、キリシタンが多い。島原の乱で多数の殉教者を出したのちも、信仰は根強く残った。それは、代々この地を治める大名や幕府もわかっている。

幕府の禁令に触れるキリシタンたちではあるが、もはや大名に叛旗を翻すことなどなく、村の暮らしに溶けこんでいた。通常の領民と同じく、年貢を納め、村の行事に参加をしている。大名からすれば、キリシタンをいちいち弾圧してしまえば、それだけ年貢を納める領民がいなくなってしまうのだ。

よって、見て見ぬふりをしている大名も珍しくはない。

それでも、たまに見せしめのため、摘発をすることはあった。

本庄は、そうした隠れキリシタンの里を見つけだし、摘発すると脅して、金品を強請《ゆす》り取っていたのだそうだ。

「信じられないね……とっても誠実そうなお侍だったのですもの」

首を横に振った松子をよそに、京四郎は目を凝らして問いかけた。

「それが事実であれば、麗香殿は本庄主水に欺かれたということか」

「麗香殿は、心から本庄を慕っておったようです」

「つまり、事情を知ってなお、本庄に丸めこまれたってわけかい」

京四郎は苦笑した。

「女心は一途なのよ」

松子は、麗香の気持ちがよくわかる、と同情を寄せた。

「それで、これからどうするんだ」

「追手をかけ、なんとしても本庄を捕まえます」

すでに南北町奉行所や勘定所に依頼し、本庄探索への助力と、品川宿、板橋宿、千住宿、内藤新宿の四宿にも人相書きの手配を済ませたそうだ。

本気であるのを示すように、桐生は眦を決した。

「わかった。それで、おれにはどうしろって言いたいんだ。まさか、おれにも本庄を探せって頼みたいのか」

「そんなことはお願いいたしませぬ。万が一、麗香、左馬之介、もしくは本庄があなたさまを頼ってきたなら、お引き渡しを願いたいのです」

桐生は丁寧に頭をさげた。

「ううむ。まあ、そんなことはないだろうが……」

京四郎とて、煮えきらぬ返事をするしかない。だいいち、本庄のことを疑うのと同様、桐生の話が真実とはかぎらないのだ。

そこで桐生が言い添えた。

「それと、このあと本庄、もしくは麗香、左馬之介を我らが討ち取ったという報を耳になさった場合、裏の事情をわかっていただこうと思いまして。前もって説明にあがった次第」

「そりゃ、わざわざすまなかったな」

京四郎は軽く頭をさげた。

一連の話を終えると、桐生は一礼して帰っていった。

「京四郎さま、びっくりしましたね。世の中、なにが起きるのか、誰を信用していいのか、わかったもんじゃござんせんよ」

松子は読売を恨めしそうに見た。

大儲けできると算段していたのに、あてが外れ、表情は冴えない。しばらくうなだれていたが、舌打ちをして読売を破ろうとした。

「おっと、待ったほうがいいんじゃないか」

京四郎が止めると、松子はぽかんとなって、

「ええ……ですけど、桐生さまもおっしゃっていましたように、いくら読売でもまったくの出鱈目《でたらめ》を記事にするわけにはいきませんよ。あたしにもね、読売屋の意地ってもんがありますからね。真実を伝えるのが、読売の使命ってもんですから」

「だから、桐生の話が真実かどうかなんて、わからないだろう」

冷笑を浮かべて京四郎は諭した。

「そりゃそうですけど……」

「鵜呑みにせず、もう少し待ってみるんだな。読売は早さを競うから、それだけ

に間違いも多い。それでも、夢殿屋は真実を伝えるのが信条なのだろう。早さより、正確さを大事にしたらどうだ」

珍しく説教めいた京四郎の言葉を受け入れながらも、

「そりゃ、ごもっともですがね。いつまで待つんです。そうしてるうちに、あの三人が大杉家の追手に捕まったり、斬られたりしたんじゃ、あたしは夢見が悪いですよ」

松子は肩をそびやかした。

「ならば、三人の無事を祈っているんだな」

「ですから、いつまでですよ」

「さて、いつだろうな」

飽きがきたのか、京四郎はあくびを漏らした。

「まったく、もお……」

松子が顔を歪めると、

「案外、早いかもしれねえぞ」

と、京四郎は思わせぶりな顔で松子に言った。

ところが、松子が見返すと視線が合わない。

おやっと思うと、京四郎の視線は、松子の背後に向けられていた。振り返ると、なんと左馬之介が立っている。

「ああ、びっくりした」

松子は手で胸をおさえ、

「どうしたんですよ。姉上と本庄さんはどうなすったんですかい。そうそう、本庄さまがお父上を斬った本当のわけを……」

次々と質問を繰りだす松子を制して、

「まあ、座れ」

と、京四郎が声をかけた。

左馬之介はぺこりと頭をさげて京四郎の前に座ったものの、松子のただならぬ様子に困惑の表情を浮かべた。

「どうした」

京四郎は、普段どおりの問いかけをした。

「おかげさまで奉公先が決まりましたので、ご挨拶に来ました」

左馬之介は声を弾ませた。

「そうか、どこだい」

「黒門町の菓子屋、布袋屋《ほていや》さんです」

　すると松子が、

「まあ、大店ですよ。大奥御用達《ごようたし》だね。よかったじゃないですか。毎日、店先には行列ができていますよ。栗饅頭が評判でね、あたしは今川焼のほうが好きですけど」

　と、顔を輝かせた。

　頭の中は布袋屋の今川焼が占め、桐生の話は片隅に追いやられたようだ。

　布袋屋にかぎらず大奥御用達ともなれば、御台所や将軍の側室が寛永寺や増上寺の参詣の折に、土産として莫大な数の饅頭が発注される。

　大奥御用達の威光は大きく、そこで菓子職人として大成すれば、さまざまな菓子屋から引く手あまただし、独立して店を持てば繁盛間違いなしだ。

　もちろん、左馬之介の努力次第だが、菓子屋としてまずは喜ばしい一歩を踏みだしたと言える。

「左馬之介さんのこさえたお菓子を、御台所さまや公方さまが召しあがるんだね。ほんと、おめでとう。姉上や本庄さま、それに草葉の陰のお父上も喜んでおられますよ」

松子が祝いの言葉をかけると、

「しっかりと修業を積まないといけません」

謙虚に左馬之介は言った。

「あんた、偉いわね」

松子は目を細める。

「偉くなんかありません。では、これで」

帰ろうとした左馬之介を、京四郎は引き止めた。

「麗香殿と本庄殿は、いかがされておられるのだ」

別段、左馬之介は警戒する素振りも見せずに答えた。

「向島で暮らしております。本庄殿と姉上は手習い所を開いたのです。近所の子どもたち相手に、忙しく指南しておりますよ」

「ほう、手習いを……」

どうやら本庄と麗香は、江戸近在に留まっているようだ。手習い所を開いたということは、その地に根をおろして暮らすつもりなのだろう。大杉家の追手を心配していないのだろうか。

「本庄殿は、諫早藩の郡方の役人であったころも、村々の子どもたちに読み書きを教えておられたのです。姉も子ども好きですから、ふたりはよき暮らしが送れるものと思います」

左馬之介の物言いには、嘘偽りも取り繕ったものも感じられない。左馬之介は心底から本庄を信頼し、姉との夫婦暮らしを祝福している。

桐生が語った本庄の悪事などまるで知らないのか、信じていないようだ。

桐生の話の真偽は、左馬之介に確かめるのではなく、本庄と麗香本人に確かめるのがいいだろう。

「ところで、大杉家からはなにか言ってこないのか」

さりげなく、京四郎は問いかけた。

「ええ、なにも……問いあわせてきませんが」

「御家は、そなたらの逐電を黙認したということか。だが、桐生はいまだおまえたちを追っているようだが」

「それは桐生殿の独断ではないでしょうか。一応、わたしは江戸の藩邸に、姉ともども大杉家を去ることを文にしたためて送りました。さいわいと言うべきか、わたしもまだ当主ではなく、出奔というかたちになったようです。もちろん、家財などは没収されてしまうでしょうが。もともと家を捨てるつもりだったので、未練はありませぬ。少なくとも藩としては、そこまでしてわたしたちを追う理由はないと思うのですが……」

「そうか……」

それ以上は京四郎も追及しなかった。

四

明くる十六日の昼さがり、京四郎と松子は、麗香と本庄が営んでいるという手習い所を訪れた。

生垣がめぐった百坪ばかりの農家である。庭は畑になっており、子どもたちが元気に駆けまわっていた。まことに長閑《のどか》な光景が広がっている。

華麗な片身替わり小袖を着流した京四郎に、子どもたちは興味津々の視線を向けてきた。とくに女の子たちは、

「きれいね」

と、はしゃいだ声を出した。

それを、

「あんたたち、お世辞がお上手ね」

と、自分への賛美と勘違いした松子は上機嫌で、

「飴でも買いなさい」

と、小遣いを渡した。

庭を横切り、母屋の玄関に達したところで、松子が声をかけた。

「ごめんください」

「ただいま」

奥から麗香がやってきた。京四郎と松子を見て、

「まあ、よくぞお越しくださいました。さあ、あがってください」

麗香はほがらかに言うと、ふたりを案内した。玄関脇の小部屋で、

「少しお待ちくださいい。切りのいいところで主人を呼んでまいります」

本庄を主人と呼ぶことが、麗香は心なしか誇らしそうだ。松子が、左馬之介の奉公先である布袋屋で買い求めた栗饅頭を、土産として手渡した。

「子どもたちが喜びますわ」

麗香は受け取って、小部屋を出ていった。

「なんだか、幸せそうですね」

松子の言うことに異論はない。

麗香は仇討ちの呪縛から解き放たれ、生き生きとした表情だった。あらたな門出を迎えた喜びと期待に満ち溢れている。それはすなわち、本庄への厚い信頼を裏づけるものであろう。

ほどなくして、本庄が姿を見せ、果たしあいの際の礼を述べたてた。

「本来なら、こちらから出向かねばならないところ、わざわざお越しくださり、恐縮至極です」

「ほんと、心配していたんですよ」

馴れ馴れしい口調で、松子は語りかけた。

「このとおり、新しい暮らしをしております」

本庄は松子に笑顔を向けた。

「それはよかったですね」

無難に返した松子であるが、話の継ぎ穂を失い、ちらっと京四郎を見た。

おもむろに京四郎は言葉を発した。

「ちょっと聞きたいんだがな。諫早藩の領内をまわっていたとき、あんたは困窮した領民の声を聞いて、年貢軽減を郡奉行の依田辰之介に訴えた……それで、依田との間でいさかいが生じたのだったな」

いまさらのように、京四郎は確かめた。

本庄は表情を引きしめて京四郎に向き、

「いさかいは日頃からでしたな。とかく、依田殿とは考え方が違いました。依田殿はわたしのことを、口ごたえばかりする不愉快な奴と苦々しく思っていたことでしょう。それが、あの晩に爆発したのかもしれませぬ」

淡々と本庄は語った。

「いまとなってはどうでもいいことだが、宴席で刃傷沙汰とはどういうことだ。座に大刀は持ちこんでいなかっただろう。脇差でやりあったのか」

京四郎は、本庄の目を見据えた。

本庄は静かに首を左右に振ってから答えた。

「酔った者同士の刃傷沙汰として処理されましたが、じつのところ宴ののち、郡奉行所を出たところを、依田殿に襲われたのです」

門を出てしばらく歩いたところを、背後から襲撃されたそうだ。

「多少の酔いもあったのでしょう。闇の中で背後から不意打ちをされ、敵を確かめるゆとりなどなかった……振り向きざま、抜刀して斬りつけた……」

その直後、眼前の敵は倒れ伏した。月明りに浮かぶ敵は、依田辰之介であった。

「依田の剣の腕は……」

「かつては、城下の道場で一、二を争ったということでしたが、郡方の役目を担って以来、二十年以上、稽古すらしていない、と自嘲気味に笑っておられたのを覚えております」

「それが、木刀どころか真剣を抜いて、あんたに斬りかかったのか。酔いに任せていたのかな」

「依田殿は酔ってはおられませんでした」

本庄が答えると、

「あまりお飲みにならなかったんですか。それともお酒が強かったとか」

反射的に松子が確かめた。

「逆です。依田殿は一滴も飲めなかったのです。したがって、あの晩も酒は飲んでおられなかった」

「じゃあ、素面《しらふ》で本庄さまのお命を狙ったのですか。しかも、闇討ちのようなやり方で」

松子の言葉に、力なく本庄はうなずいた。

「本庄さまと言い争って、頭に血がのぼったのかしらね」

ここで京四郎が、

「なぜ、逃亡を企てたのだ」

と、いきなり問いかけた。

「それは……」

意外な問いであったようで、本庄は口ごもった。

「郡奉行を斬ったのであるから、罪に問われよう。しかし、斬った状況を申したてれば、おそらく認められたはずだ。舅になる男を斬った後ろめたさは残るにしても、逃げることはない。逃げれば事の状況にかかわらず、罪を追及されるのだからな」

「動転したのです。斬ったのが依田殿とわかり、すっかり我を忘れてしまったのです」

一応、本庄は答えたが、声にはまったく張りがない。

「腹を割ってくれよ」

優しげに、京四郎は言った。

「腹を割る……」

本庄は困惑の表情を浮かべた。

「ああ、腹を割ってくれ。あんた、領内のキリシタンたちから、金品を受け取っていたのかい」

ずばり、京四郎は問いかけた。

「そんなことはしておらぬ！」

思わず本庄は気色《けしき》ばんだ。

その勢いに圧倒され、松子がのけぞる。

京四郎は動ぜず、黙って本庄を見返す。

「失礼した」

取り乱しました、と本庄は詫びてから、

「そのような噂が、領内や城内で流れていたのはたしかです。気にもとめておりませんでしたが、依田殿は真に受けたようで、拙者を尋問しました。そのときは、その噂を名目に、依田殿は拙者を糾弾《きゅうだん》しようとしたのだ、と思っておりましたが……」

「いいや、まだ本音を語っていないな。本庄さんが諫早藩を逃亡しなければならなかったわけをな」

　京四郎が追及の手をゆるめずにいると、本庄は小さくうなずいた。

「依田殿はご自身の意志で拙者を斬ろうとしたのではない、と思ったのでござる。つまり依田殿は、誰かに頼まれたか、命令されたかで拙者を斬るつもりだったのではないかと」

「殺させようとしたのは、桐生か」

　勘ではあったもののそれなりに自信はあり、京四郎は目を凝らした。

「そうだと思います」

　果たして、本庄は認めた。

「なぜ桐生は、あんたを殺そうとしたんだ」

「わたしが邪魔なのですよ」

「領民に寄り添うあんたを、桐生はなぜ不満に思ったのか」

「妬みもあったのでしょうが、それればかりではありませぬ。諫早藩大杉家では、抜け荷の噂がありました。長崎の商人どもとつるみ、公儀の摘発を免れるために抜け荷商品を商人どもからあずかる。そして、一定のあずかり料を受け取っておるという噂です」

極秘裏に、藩の一部の者がそんな不正に手を染めていたらしい。

「殿にも内緒でおこなっておった、とのことです。もちろん、城内に抜け荷品を持ちこむわけにはいかないので、領内のどこかに隠しておったのでしょう。ですが、拙者はそんなことを摘発するつもりはありませんでした。それよりも、領民の暮らしに目を配ることで精一杯だったのです」

語ってから、「格好をつけておるようで、すみません」と本庄は言い添えた。

「立派だわ」

松子は感心した。

桐生の話を信じたことなど、すっかり忘れ去っているようだ。この切り替えのよさ……はっきり言えば調子のよさは、むしろ読売屋には必要なのだろう。

そんな風に思いながら、

「あんたにそのつもりはなかったが、嵐で荒廃した領内を見まわっているうちに、秘匿された抜け荷品を見つけてしまったというわけか」

京四郎は本庄に確かめた。

「そのとおりです」

「そして、それを依田に報告したんだな」

重ねての問いも、

「しました」

嫌がらず、本庄は真摯に答えた。

「依田はなんと言った」

「この一件は、自分があずかる、とおっしゃいました」

本庄には、騒ぐな、と釘を刺したそうだ。

「闇に葬《ほうむ》ろうとしたのだろうな」

京四郎は冷めた笑いを浮かべた。ときおり見せる、空虚で乾いた笑顔である。

「依田殿に斬りかかられたとわかり、御家の上層部が拙者を狙っている、と気づきました。拙者は逃げることにしました。卑怯な振る舞いであります。しかし、それは決して己が身の上のみを考えてのことではござらぬ」

本庄の口調は熱を帯びた。

「麗香殿と左馬之介殿だな」

京四郎が指摘をすると、「そうです」と本庄は認めた。

「抜け荷品のあずかりにかかわった上層部は、拙者の口を封じようとするでしょう。拙者は諫早藩領を逃げだせば、まずは生きのびられる。しかし、麗香殿と左馬之介殿の身はどうなる。父親の依田殿から、もしくは拙者から、抜け荷品の件でなにか耳にしたのではないか……そんな疑いの目を向けられたら、麗香殿と左馬之介殿は生きておられぬでしょう」

「聞いていようと聞いておるまいと、万が一のことを考え、ふたりの口を塞ごうとするだろうな」

とかく武家は強引な手段をとる。危なげな芽があれば、根元からつんでしまおうと考えるのだ。

「まあ、恐い」

松子は身をすくめた。

「そこで拙者は、麗香殿と左馬之介殿を藩から連れだそうと考えました」

「なるほど、それで仇討ちか」

「仇討ちであれば、正々堂々と諫早を去り、江戸に出ることができます。もちろん、江戸に来るにあたっては、麗香殿と左馬之介殿の気持ちを確かめました」

本庄は依田を斬ってから、なんとその足で依田の屋敷に駆けこんだ。

そこで、麗香と左馬之介に父親を殺してしまったこと、その経緯を説明し、

「まず拙者は左馬之介殿に、父の仇として斬ってくれ、と申し出ました」

左馬之介は驚いたものの、本庄に刃を向けることはなかった。もともと本庄のことを兄と慕っていたこともあり、左馬之介も麗香も、なにか事情があるに違いないと考えたようだった。

「しかも左馬之介殿は、以前より武士を捨て、菓子屋になることを願っておりました。そんなことを依田殿が許すはずもなく、左馬之介殿は諦めておったようですが……」

こうなってしまえば、むしろ夢を叶える好機かもしれない。

「ふたりの気持ちを確かめたうえで、拙者はすべてを明かし、仇討ち偽装の企《くわだ》てを話しました」

「つまり、麗香は家を捨ててあんたの妻になること、左馬之介は菓子屋になることを、最初から念頭に置いて江戸に出てきたってわけだな。そしておれと松子を巻きこんで読売にすることによって、一連の話を広く世に喧伝した。有名な話になってしまえば、藩の上層部も迂闊には手は出せないと踏んだのだろう。おれたちは都合よく利用されたわけだ」

京四郎の言葉を受け、本庄は大きくうなずき、深々と頭をさげた。

「まことに申しわけありませせぬ」

いや、いいんだ、と、京四郎は本庄の詫びを制した。たしかに騙されたかたちにはなったが、不思議と腹は立たない。

「そうだったんだね」

松子などは、すっかりと感じ入っている。

もし、本庄の話が本当であれば……。

「京四郎さま」

どうやら松子も同じ危惧を抱いたようだ。

「そうだな……」

本庄が嘘偽りを申したのであれば別だが、真実であれば、当然、桐生は本庄だけでなく、麗香や左馬之介をも執拗に狙うだろう。本庄の話を疑ったあげく、麗香やとりわけ左馬之介の命が奪われでもしたら、寝覚めが悪い。

京四郎は、希望に満ちたあの若者をなんとしても守ってやりたかった。

本庄が心配げな視線を送ってくる。

「いかがされましたか」

「桐生だ。巧妙な話しぶりで松子を騙し、いまだ一件の読売は世に出まわっておらぬ。幸いにも、下刷りは破かずに取ってあるがな。それにしても、世間の耳目を集めるには若干の時間もかかろう。機を逃して、たいして噂にならないことも考えられる。おれたちを巻きこんだ当初の目的のひとつは、うまく潰されてしまったわけだな」

京四郎の言葉に、本庄の目が凝らされた。

「桐生は、我らが大杉家を去っても狙っておるのですか」

本庄の問いかけを受け、

「大杉家の体面にかけても、そなたらを生かしてはおかぬだろう。いや、大杉家の体面ではない。己が抜け荷の罪を、表沙汰にせぬためだ」

京四郎は断じた。

「汚い」

歯軋りをする本庄を前に、京四郎は表情を引きしめた。

「このままでは、座して死を待つだけだろう。そなたらが進む道は、ふたつしかない」

本庄は身構えた。

「江戸を去るか、桐生たちを倒すかだ」

選べ、と京四郎は言い添えた。

本庄は迷うことなく、

「桐生たちを倒します」

と、決意を語った。

「江戸を逃げたところで、奴らは追手をかけてきます。生涯を逃亡で暮らすのはまっぴら御免でござる。このこと、麗香もわかってくれましょう」

「まさしく、そのとおりだな」

「そこで勝手ながら……もう一度、我らに助太刀を願えますか」

畏まりつつ、本庄は申し出た。

「むろんのこと」

京四郎が即答すると、本庄は深々と頭をさげた。

「かたじけない」

「礼は、桐生たちを成敗してから申されよ」

京四郎は笑みを浮かべた。虚無感が漂う冷めた笑いである。

「では、いかにしますか。まさか、諫早藩邸に斬りこむわけにはいかないでしょう」

本庄が言ったとき、麗香が入ってきた。湯呑を載せたお盆を手にしているが、表情は引きつっている。

「すみません、立ち聞きするつもりではなかったのですが」

麗香は、京四郎と本庄のやりとりを聞いていたようだ。

「そなたに相談もなく決めたことを詫びる。すまなかった。しかし、桐生と決着をつけねばならぬようだ」

「わたくしも、主水さまと同じ思いでございます。桐生たちのような悪党に背を向けて逃げまわるなど、できませぬ」

夫の言葉を受けて、麗香も決意を述べたてた。

「すまぬな」

短く本庄は詫びた。

「謝らないでください。主水さまは正しいことをなさったのです。間違っているのは桐生たち……父も含め、抜け荷を隠そうとしたり、私腹を肥やそうとしたりする者たちです。正々堂々と戦いましょう」

じつに頼もしい言葉を妻の口から聞き、本庄に笑顔が戻った。

「よし、ふたりの決意はよくわかった」

京四郎が受け入れると、

「徳川さま……あ、いえ、徳田さま、ひとつお願いがあります」

麗香が視線を向けてきた。

「なんなりと」

「左馬之介だけは、かかわらせたくはないのです。もはや左馬之介は、藩も武士も捨てた身。御家の争い事などとは無縁の暮らしを送ってもらいたいのです」

強い口調で麗香は言いたてた。

「承知した」

ふたたび京四郎が受け入れると、強張った麗香の表情もやわらいだ。

「さきほどから考えていたのだが……桐生たちと対決する際、ここに誘いだすのはどうであろう。むろん、子どもたちには危害が及ばぬよう、気をつける必要があるがな。実際に、ここに住んでいるわけだから、よもや桐生も罠だとは気づくまい」

京四郎の提案に、

「わかりました」

本庄が即答すると、続けて京四郎が策を練りはじめた。

「桐生たちが何人でやってくるのかわからぬが、先日の仇討ちの場に現れた者たちは、確実に姿を見せるだろうな」

「何人であろうが覚悟を決めております」

「その間だけは、麗香殿も、ほかの場所に行っていてはどうだ」

京四郎の言葉に、麗香は首を横に振った。

「いいえ、ありがたい申し出ですが、わたくしはここにおります。逃げませぬ。ここが、主水さまとわたくしの城でございます」

「うむ、よくぞ申した」

若い娘の心意気に、思わず京四郎は破顔した。

五

明くる日、夢殿屋に、桐生清之進と佐藤一郎太がやってきた。すでに店で待ちかまえていた京四郎は、客間で彼らに会った。

「本庄と麗香の居場所がわかったということですが」

期待のこもった目で、桐生は問いかけてきた。

「わかったぞ」

「どこでござる」

意気込んで、桐生が問いを重ねた。

「おれが案内するよ」

京四郎の言葉に、桐生は一瞬ぽかんとしてから、慇懃に断った。

「大変にありがたい申し出ではござるが、これ以上、徳田殿の好意に甘えるわけにはいきませぬ。所在だけお教え願えれば、我らで対処いたします」

「いや、乗りかかった舟だ。おれは最後まで見届けるつもりさ」

「それでは、あまりにも甘えすぎというもの。大杉家としても、体面というものがあります。大杉家だけで始末をつけたいのです」

桐生の語気が強くなった。

「かまわぬぞ、おれはお節介な性分なんだ」

「お礼ならいたします」

「おいおい、おれが銭金で買われるような奴に見えるか」

不快そうに、京四郎は顔を歪めた。

「あ、いえ、そういうわけではござらぬ」

機嫌を損ねてはならぬと、あわてて桐生は取り繕った。

「おれはな、無類の野次馬なんだ。今回の妙な仇討ちがどんな結末になるのか、この目で見ないことには気が済まぬ」

あくまで京四郎が言い募ると、

「しかし……」

佐藤のほうも渋った。

「なんか、不都合なことでもあるのか」

「いえ、そんなことは」

代わりに、桐生が早口で返す。

「なら、いいじゃないか」

もはやここに至っては、よけいな抵抗はむしろ不自然だと悟ったか、佐藤が受け入れた。

「ありがたき幸せでござります。徳田殿が助太刀していただければ、こんな心強いことはありませせぬ」

桐生も、それ以上は文句を言うことはなく一礼をした。

「よし、明日、ここから出発をするぞ」

力強く京四郎は言いきった。

「……まいったな、あの浪人にも」

夢殿屋から出るや、さっそく桐生が嘆いた。

だが、佐藤はさして気にする様子もなく、あっけらかんと言い放つ。

「いではござらぬか。あの者も、本庄ともども命を奪えばよいのです。敵味方入り乱れての斬りあいとなれば、命を落としたとしても不思議はござらぬ」

「しかし、公方さまのお血筋なのかもしれぬぞ」

「本人は、天下の素浪人だと公言しておるのです。浪人ゆえ、勝手気ままに市井を歩きまわり、さまざまな揉め事に首を突っこんでおるのですから、それで浪人として死んだとしても、文句はありますまい」

「それもそうだな」

ようやくのこと安心したのか、桐生はにんまりとした。

「大丈夫なんですか」

夢殿屋の中では、一部始終を知った松子が危惧の念を示した。

「まあ、見ておれ」

京四郎は笑った。

「京四郎さまのことですから、抜かりはないと思いますが、ほんと、今回は心配ですよ」

「心配性だな、おまえは」

任せろ、と京四郎は胸を張った。

京四郎と松子は桐生とその配下数名をともない、向島にある本庄の家にやってきた。

華やかな片身替わり小袖に身を包んだ京四郎は、武張った連中のなかでひときわ異彩を放っている。

桐生のあとには、佐藤一郎太をはじめとして、仇討ち果たしあいの場にいた侍たちが五名ほどついてきていた。

庭に本庄が立っている。子どもたちの姿はない。麗香が連れだしたのだろう。

桐生たちは額に鉢金を施し、襷掛けとなっている。本庄も同様の戦闘態勢となっていた。

「ほう、我らが来ることを知っておったのか」

桐生が語りかけると、本庄は静かに答えた。

「そちらの徳田殿に居場所が知られてしまった以上、おそらく、おぬしたちが来るであろうと思っておった。ならばここで決戦あるのみ」

「ふん、本庄、覚悟はしておるようだな」

「貴殿らも覚悟なされ」

負けじと本庄は言い返した。

「ならば、問答無用。御家の裏切り者、本庄主水を成敗いたす。徳田京四郎殿におかれては、とくと検分なされよ」

桐生は、佐藤ら五人をうながした。

すると、京四郎はやおら本庄の横に立ち、

「徳田京四郎、本庄主水殿に助太刀をいたす」

と、告げた。

「なんだと」

桐生は舌打ちをしたが、

「まあよい、手間が省けた。一緒に討ち果たしてやるまでだ」

と、大刀を抜いた。

佐藤たちもいっせいに抜刀する。

対して、京四郎は妖刀村正を八双に構えた。

まずは、佐藤が斬りこんできた。

と、刹那《せつな》、

「てや！」

佐藤の身体が沈んだ。敏捷な動きで大刀を鞘走らせ、京四郎の足元を狙っている。すると、本庄のほうが、佐藤に斬りかかった。

佐藤は、本庄と応戦した。

京四郎は大杉家の侍たちと斬り結び、あっという間に峰打ちに仕留めた。

今度は桐生が、京四郎に刃を向けてくる。

桐生も、京四郎の足を狙ってきた。

京四郎は後方に飛びのいたが、桐生は容赦なく脛目がけて刃を走らせる。

「とうりゃ」

裂帛《れっぱく》の気合いとともに、京四郎は村正を振りおろした。

桐生の刃と交錯する。

勢いが殺がれ、桐生の足が止まった。京四郎はその隙を逃さず、桐生の懐に飛びこんだ。あわてて桐生が大刀で受け止める。

鍔迫りあいとなり、京四郎は両腕に力をこめた。

たまらず桐生は後方に飛ばされ、地に転がった。

そこへ、避難し遅れたのか、女の子が迷いこんできた。尋常ではない周囲の雰囲気を感じ取っているのか、あきらかに怯えている。

本庄が、

「来るな！」

と、叫ぶ。

女の子は刃傷沙汰を見て、呆然と立ち尽くした。桐生が駆け寄り、女の子の喉仏に刃をあてがった。

「刀を捨てろ」

と、陰湿な目で、京四郎と本庄に言い放った。

「なんだ、堂々と勝負をするのではなかったのか……ままよ、斬り捨てるまでのこと」

京四郎は、顔に冷笑を貼りつかせた。

ときおり見せる、空虚で乾いた笑いだ。

「黙れ」

桐生は、女の子の喉笛を軽く刃で撫でた。女の子の悲鳴が漏れた。

しかたなく、京四郎は村正をその場に放る。

「本庄、おまえもだ」

佐藤に言われ、本庄は歯噛みしながら、大刀を前に捨てた。

桐生は、佐藤に目配せをした。佐藤は本庄の大刀を拾うと、池の中に投げ捨てた。次いで、京四郎の前にやってきて、村正も拾いあげようとする。

そのとき、

「汚い手で触るな」

京四郎は佐藤を、思いきり足蹴にした。佐藤の身体が後方に吹き飛び、桐生とぶつかった。その一撃で、佐藤は失神してしまったようだ。

桐生は体勢を崩し、女の子が投げだされた。本庄が女の子を抱きあげ、庭の隅に移動する。

京四郎は村正をつかむや、桐生に向かった。

動転した桐生は、めったやたらと刀を振りまわした。京四郎は両手を広げ、桐生に迫る。じりじりと追いつめられるように、桐生が後退して、ついには樫の木に背中がぶち当たった。

「縛《ばく》につくか、武士らしく腹を斬れ」

京四郎の冷めた恫喝に、桐生は怯えの色を目に浮かべ、

「承知した」

と、着物の襟を広げた。

「武士の情け、介錯を」

桐生は大刀を腹に突きたてた。立ち腹を斬るつもりかと注視していると、

「喰らえ!」

突きたてた刃を、京四郎に向けてきた。

「卑怯者」

京四郎は、村正に渾身の力をこめた。大上段から振りおろされた村正は、桐生の肩先から鳩尾、さらには樫の幹までも切り裂いた。

鮮血が樫の木を真っ赤に染め、桐生は倒れ伏した。

「大杉家も、とんだ男を抱えていたものだな」

京四郎は懐紙で村正を拭った。

佐藤が息を吹き返したが、桐生の無残な亡骸を見てへなへなと尻餅をついた。

その後、大杉家では家中で探索をおこない、抜け荷あずかりにかかわった者たちを厳しく処罰したそうだ。すでに死亡した桐生清之進は切腹したことにされ、佐藤一郎太たち数名も、切腹を申しつけられた。

本庄主水と麗香の手習い所は、子どもたちの笑顔と声が絶えないそうだ。

そんなとき、夢殿屋に左馬之介から菓子が届いた。

「西洋の菓子だそうですよ。西洋の饅頭なんですって。なんでもケーキって言うそうです」

小皿に盛りつけた菓子を見て、松子は言った。

細長く切られた菓子は真っ白で、栗の実が載せられている。

「どれ」

京四郎は手づかみで、ケーキなるものを頬張った。

甘い……なんという甘さであろう。

餡子の甘さではない。濃厚な乳に大量の砂糖を加えたような。そのうえ、口の中がねばねばとするが、不思議と不快ではない。

むしろ、幸せを噛みしめるかのようだ。

　このケーキの美味さが、なんだか左馬之介の将来を告げているようで、京四郎は無性に嬉しかった。

第四話　蕎麦屋隠密

一

下谷広小路に夜鷹蕎麦《よたかそば》がある。

長月一日となり秋が深まり、夜陰に浮かぶ屋台の行灯に誘われ、京四郎は松子のお勧めだという花巻《はなまき》蕎麦を食べた。

花巻蕎麦は、麺に千切った焼き海苔が散らしてある。具の浅草海苔が磯の花にたとえられることから、この名前で呼ばれるようになったらしい。由来はともかく、海苔が香りたち、湯気の温もりを感じ、秋の夜にはありがたい。

美味いとは思うものの、わざわざ目当てでやってくる気にまではなれない。

店主は、小柄な初老の男だった。聞かずとも客とのやりとりで、店主の名は権《ごん》蔵《ぞう》だとわかった。

「親父、精が出るな」

京四郎は屋台に十六文を置いた。

権蔵は顔中を皺だらけにして、お辞儀をした。まさに、好々爺然《こうこうやぜん》といった感じである。

「夜通しの商いとはつらかろう」

「まあ、慣れっこでさあ」

権蔵は言った。

夜鷹蕎麦屋は一か所に留まるのではなく、界隈を移動して商いをする。

権蔵は、真夜中に柳原などの夜鷹が出没する地に行き、明け方前には、朝が早い日本橋の魚河岸まで屋台を引いていくそうだ。

「歳なんで、朝までやるのはこたえるようになりましたがね」

弱気な言葉とは裏腹に、権蔵の顔つきは生き生きとしている。

「身体に気をつけてな」

京四郎が屋台を離れると同時に、権蔵は屋台を動かしはじめた。

それを見送っていると、

「親父、待て」

「まずい蕎麦を食ってやらあ」

「十六文は高えぞ」

酒に酔った三人が、権蔵の屋台を追いかけてゆく。長身と痩せぎす、それに小太りといった、夜陰でも見分けやすい三人だ。酔いがまわっているようで着物を着崩し、足元がおぼつかない。やくざ者か遊び人の類《たぐい》だろう。

ああいう連中が厄介な客なのだろうな、と京四郎は思った。

夜鷹蕎麦屋の仕事を、権蔵は慣れっこだと言っていたが、酔っ払いを相手にするのも慣れたものなのだろう。

権蔵は屋台を止めた。

「蕎麦だよ。蕎麦を食わせろって声をかけたじゃねえか」

因縁をふっかけるように、小太りが怒鳴った。

「へい、ただいま」

愛想笑いを返し、権蔵は蕎麦を茹ではじめる。

「こら、誰が蕎麦を作れって言ったんだよ」

痩せぎすが絡んだ。

「へへ、ですが、お連れさんが……」

媚びるように権蔵は小太りを見た。

「こいつは頼んだけど、おれは頼んでいないぞ」

呂律《ろれつ》のまわらない口調で、痩せぎすは文句をつけた。

「おれもだよ」

長身も目が据わっている。

「では、おひとりさまにお作りいたします」

頭をさげた権蔵に、長身が問いかけた。

「親父、儲かってしかたがねえだろう」

「とんでもございません。毎日、食ってゆくのが精一杯ですよ」

権蔵はひとり分の蕎麦を茹で続けた。

すると、男たちは権蔵のそばに寄り、笊を見た。一日の売りあげや釣り銭が入れてある。

長身が手に取り、

「銭ばっかりだな。しけてやがるぜ」

「しょうがねえよ。蕎麦一杯、十六文だもんな」

瘦せぎすが言い、

「でも、塵《ちり》も積もれば山だぜ」

小太りがにやにやと笑った。

「よし、親父、借りてやるぜ」

「ええっ」

たまらず、権蔵は長身から笊を奪い取った。

「なにしやがるんでえ！」

たちまち、長身はいきり立ち、続いて小太りが、

「おれたちはな、これからもう一回、勝負するんだ」

さきほどまで池之端の賭場で遊んでいたのだが、河岸《かし》を変えて違う賭場に向かう途中なのだ、と言い添えた。

「すんません、ご自分の銭で行ってくださいよ」

遠慮がちに権蔵は言いたてる。

「心配するな。倍にして返してやるから」

「今夜は店を閉じて待ってな」

ごろつきたちの言葉に、権蔵は黙って首を横に振る。

ふたたび長身が、笊を奪おうとした。

「勘弁してください」

権蔵は笊を脇に抱えた。

「聞きわけのねえ爺だ」

罵声を浴びせると同時に、痩せぎすが権蔵を羽交い絞めにした。笊が地べたに落ち、銭が散乱する。

長身が、権蔵の顔面を殴りつけた。

「ら、ら……乱暴は……な、なさらないでください」

か細い声を上ずらせ、権蔵は懇願した。

「おっと、せっかくの蕎麦が茹ですぎになっちまうぜ」

小太りがにんまりすると、長身と痩せぎすも意図を察した。

すぐに権蔵にも伝わり、

「そ、そんな、おやめください」

それでも、長身と痩せぎすは権蔵の身体を引きずり、小太りが権蔵の右手を両手でつかむと、湯に浸した。

「あああ！　あ、熱い！」

権蔵は悲鳴をあげた。

「蕎麦は熱くなくちゃ、いけねえだろう」

さらに小太りは、権蔵の二の腕まで湯に突っこんだ。

その様を見て、三人がげらげらと笑う。

「よし、蕎麦について教授してやったから、駄賃にもらっておくぜ」

痩せぎすが地べたにかがんで、銭を拾いはじめた。

すると、

「やめろって言っているだろう」

と、権蔵が静かに語りかけた。

夜風を震わせるような野太い声で、蕎麦屋の親父の口から発せられたとは思えない。実際、三人は周囲を見まわし、自分たちのほかに誰もいないと確かめたうえで権蔵を見返した。

思わず小太りが権蔵をつかんでいた手を離したが、権蔵は手を湯に入れたまま三人を見返し、

「おめえらも、湯加減を見たらどうだ」

権蔵の目が、どす黒く淀んだ。好々爺然とした面持ちは一変し、底知れぬ恐怖

を漂わせている。

「い、いや」

小太りが後じさりした。

「遠慮するなよ」

権蔵は勢いよく手を振り、湯滴を三人に浴びせた。

「熱いよお〜」

両手で顔を覆い、小太りがわめいた。

たまらず、三人は逃げだそうとした。

「蕎麦、食っていきな」

権蔵は声をかけながら、長身の股間を蹴りあげた。真っ赤な顔で長身は、地べたをのたうつ。

次に、痩せぎすの両目に指二本を突っこんだ。跳びあがった痩せぎすの両目から血が滴り落ち、長身の横で這いつくばる。

残る小太りの喉笛をつかむと、そのまま持ちあげた。

小太りの身体が宙に浮き、両足をばたばたさせて、

「許してくれ」

と悲鳴をあげた。だが聞く耳を持たず、権蔵は湯の中に顔面から突っこんだ。

そのまま手を放さず、小太りは両手を激しく動かして苦痛を訴える。

「夜鷹蕎麦でござ〜い」

権蔵は夜空に向かって、売り声を発した。

小太りの動きが止まった。熱湯の中で溺れ死んだようだ。

次いで権蔵は屋台を引っ張り、地べたに転がる長身と痩せぎすの後頭部を車輪で轢いた。

「歳は取りたくねえな。石ころに引っかかると難儀だぜ」

ぼやきながらも権蔵は、屋台を行ったり来たりさせる。ふたりの悲鳴が聞こえなくなると屋台を進め、闇の中に消えた。

「無駄な殺生したな」

権蔵は嘆いたが、その顔は若返ったかのように艶めいていた。

二

明くる二日の昼さがり、京四郎は夢殿屋に顔を出した。

左半身は白地に真っ赤な牡丹、右半身は紫地に唐獅子が極彩色で描いてある。

今日も道行く者の目を奪う片身替わり小袖を身に着けていた。

松子は、ネタ屋の銀次郎《ぎんじろう》とやりとりをしていた。萌黄色地に薄を描いた小袖に草色の袴を穿き、洗い髪を掻きあげ銀次郎の話に耳を傾けている。

銀次郎は薬の行商人で、耳聡い。江戸市中を売り歩くなか、松子が好むネタを仕入れてくる。

ふたりは熱心に話しこみ、京四郎にも気づかなかったが、

「おや、京四郎さま、すみません」

松子は京四郎を迎え、お茶を出すよう女中に言いつけた。

「なにかおもしろいことでもあったのか」

京四郎が問いかけると、松子が返した。

「おもしろいっていうより、物騒な話なんですよ」

「そりゃもう、すげえのなんのって」

銀次郎が両手をおおげさに振って言いたてた。薬を入れた風呂敷包みに手が当たったのを見て、松子が隅にどかした。

京四郎が短く話せ、とうながすと、やおら銀次郎は語りはじめた。

「三人の男が殺されましてね。上野黒門町の路上です。その三人っていうのは、まあ札付きの乱暴者たちでして。酒に酔っては喧嘩をふっかけたり、難癖をつけて、料金を踏み倒してきたりと」

「ほうぼうで恨みを買っていたのか」

京四郎が冷笑とともに言うと、銀次郎がうなずく。

「そりゃもう、上野界隈じゃ毛嫌いされていましてね」

「腕っぷしも強かったのか」

「ええ、なかには相撲取りと喧嘩して勝ったと、自慢している奴もいたそうですよ。嘘なのかはったりなのかわかりませんがね」

「嘘だとしても、自慢できるくらいには自信があったのだろう。嫌われ者の三人組が殺されて、町の評判となっているのか」

京四郎は、松子と銀次郎を交互に見た。

「それだけじゃねえんですよ。三人の殺されようってのが、すげえんです」

銀次郎は興奮した口調となった。

「どんな具合だ」

「ひとりは、顔中が火傷していました」

「火をかけられたということか」

「それが……検死した医者の診立てですと、溺れ死にってことなんですよ」

銀次郎は首をひねった。

「顔に火傷させてから、川か池にでも放り投げたのかな」

京四郎が推量すると、

「いや、それにしちゃ顔は黒くはなっていませんでね。路上に転がっていたんで、手水にでも顔を突っこまれたのかもしれません」

「ほほう、なるほどな」

「残りのふたりは、頭を大八車で踏まれていたそうなんです。しかも、何度も……それだけじゃないんですよ」

ひとりは睾丸が潰され、もうひとりは両目が潰されていたんです、と銀次郎は怖気を振るった。

「そりゃ、惨《むご》たらしいな」

「おそらくは、五、六人の仕業じゃないかって、南町奉行所の旦那は推量をしていますよ」

銀次郎は話を終えた。

「殺されたって、悲しむどころか喜んでいる人が多い三人だけど……だからって、あんまりにもひどいわね」

同情を寄せる言葉とは裏腹に、すでに松子は、どうやって読売の記事にしようか悩んでいるようだ。

得意のど派手な絵を掲載すると、あまりに無残で読み手が及び腰になる。手に取ろうともしないのでは記事にしようがない……松子はそうつぶやきつつ、思案をめぐらせている。

「複数の者の仕業、しかも、こんな惨たらしい殺しの手口となると、下手人はやくざ者か」

京四郎が推量したところで、

「ごめんなせえよ」

と、野太い声とともに、背の低い男が入ってきた。紬の上等な着物に羽織を重ね、白い足袋を履いている。

「これはこれは、虎五郎《とらごろう》さん。ご活躍だそうで。江戸一……いえ、関八州一の親分だと評判ですよ」

松子は丁寧に出迎えた。

池之端の貸元で、三度目《さんどめ》の虎五郎という博徒の親分だ。質屋を営みながら賭場も開帳している。潤沢な資金で、ほうぼうの賭場の貸元となっていた。

身体は小さいが、泣く子も黙る大親分である。

それだけではない。北町奉行所から十手をあずけられた岡っ引でもあった。

町奉行所が博徒の親分に十手をあずけるのは珍しくはない。毒をもって毒を制す。罪人は、盛り場や賭場に逃げこむ場合が多く、所在を突きとめるためにも、博徒の親分は貴重なネタ元なのだ。

二つ名のいわれは、仏の顔も三度まで、から来ているらしい。

普段は温厚で物腰のやわらかい虎五郎だが、三度不快なことをした相手には、まさしく獰猛な虎になるらしい。したがって、子分たちは常に虎五郎の顔色をうかがい、何度も怒りを買わないよう、汲々としているのだとか。

「間違ったら、ご勘弁を……あなたさまは、徳田京四郎さまでいらっしゃいますね」

と、虎五郎は断りを入れてから、片身替わりの華麗な小袖を着流している京四郎の素性を確かめた。

「ああ、おれは天下の素浪人、徳田京四郎だ」

京四郎の返事に、虎五郎は大きくうなずいた。

「こいつはよかった。じつは、あなたさまにお願いがあって、この夢殿屋に来たんですよ」

お辞儀をする虎五郎を、京四郎は黙って見ている。

「それとも……わたしのようなやくざ者の頼みは聞いてくださいませんかね」

うかがうような虎五郎に、京四郎は平然と返す。

「おれは人によって決めない。銭、金でもない。頼みの中味だ。興味を抱けば引き受ける。それと、報酬は仕事次第。ああ、そうだ。ひとつ条件を加えるならば、なにか美味い物を食べさせろ」

「美味い物ならお任せくだせえ。礼金も、近々花会を開きますんで、たんまり寺銭が入りますからご期待くださいな。なら、依頼の中味を評価してください」

「話してみろ」

京四郎が受け入れると、銀次郎は遠慮して席を外した。

松子が女中にお茶を淹れさせる。

「お耳になさったと思いますが、三馬鹿の一件です」

三馬鹿の一件が、惨殺された三人の嫌われ者を指しているのは明白だ。

「続けろ」

　ぶっきらぼうに京四郎はうながした。

「あの連中を殺《や》ったのはわしの指図だと、南の御奉行所から疑いをかけられているんですよ」

「なぜだ」

「じつはあの連中、わしの賭場で悪さをしましてね。間が悪いことに、殺された夜が三度目だったってことで」

「賭場で悪さをしたなら、三度どころか一度で半殺しにするのじゃないのか」

「たとえば、賽の目に因縁をつけるとか、いかさまとかでしたらね、わしだって一度も見逃しません。ですが、あいつらの悪さは、酒を飲んで喧嘩をはじめたり、他人《ひと》さまの酒を飲んだり、なんてせこいことなんです。それで、小言だけで勘弁していたんですがね。それがあの夜は悪酔いして、襖を倒した。まあ、些細なことですが、三度目ということもあって、出入り止めにしてやったんですよ」

　苦笑混じりに虎五郎は言うと、松子が口をはさんだ。

「親分さんの意向を受けた子分たちが三人を襲ったって、南町は勘ぐっているんですね」

「呑みこみがいいな。さすがは、天下の無敵浪人さまの懐刀だけあるぜ。北町は十手をあずけている手前、あからさまに疑いをかけちゃいないが、南町は遠慮してくれない」

虎五郎に世辞を言われ、松子は愛想笑いを返した。

「それで、おれにどうしろと言うのだ。下手人を探せというのか。それなら、できぬ相談だぞ」

京四郎は笑った。

「下手人探しは、わしが手下にやらせます」

「それなら……」

訝しんだ京四郎に、虎五郎は頭をさげた。

「見つけだした下手人を、始末してもらいたいんですよ」

「……おれに殺させて、自分の手を汚さないということか。なんとも虫のいい頼みだが、そもそも自分の手で始末をつけるのが、やくざ者の面子というものではないのか」

にんまりとする京四郎に、虎五郎は顔をしかめて答えた。

「そらそうですよ。できれば、わしもそうしたいんですがね……」

「どうした……そうか、この事件が敵対する一家の仕業ではないかと、見当をつけているのだな。一家同士の争いとなれば、大がかりな出入りになる。騒ぎが大きくなれば、相手の一家ともども奉行所に潰されるだろうな」

京四郎の推測に、

「いえいえ、そりゃ見当違いというものですよ」

虎五郎は右手を左右に振った。

「違うのか」

「わしは下手人が、大勢だとは思っていないんです」

「少人数か」

「ひとりだと思います」

静かに虎五郎は告げた。

たまらずといった感じで、松子が口をはさんだ。

「だって、親分。三人のやられようは、それはひどいものだったんでしょう。荒くれ者三人が、あたかも犬猫のように殺されたんですよ。とてものこと、ひとりでできることじゃありませんよ」

「常識で考えればそうだろうな」

「そりゃね、腕の立つお侍とかだったらわかりますよ。たとえば、京四郎さまのような凄腕の剣客なら。でも、それは刀を使う凶行ですよ。三人は刀で斬られたわけではないんでしょう。目を潰されたり、玉を潰されたり、顔中に火傷を負わされたって……素手でそんなことできますかね」

松子は主張して譲らない。

「そりゃ、そうかもしれない。だがな、わしはひとりの仕業だと思うんだ」

虎五郎も譲らない。

すると、夢殿屋の奉公人が、一枚の絵を持ってきた。

「こんなもんでいいですかね」

それは読売の下絵だった。

三人の馬鹿な荒くれ者を、十人ばかりの男が襲っている絵柄だ。

京四郎はにやりと笑った。松子としては複数犯で読売の記事を作るつもりだから、いまさら単独犯という考えには与《くみ》することはできないのだろう。

ところが、虎五郎の手前、

「これ、ちょっとお待ち」

松子は読売の発行を中断させた。

あらためて京四郎が、虎五郎に言った。

「おまえが、ひとりの仕業だと考える理由を申せ。松子のように、商い目的ではないのだろう」

松子がばつが悪そうに笑った。

虎五郎は遠くを見る目をした。

「五年ほど前のことですがね」

虎五郎は中山道、川越宿で大規模な花会、すなわち賭場を開帳した。そのとき、賭場に参加した客が五人も殺されるという事件が起きた。

「それが、今回の手口に似ていたんですよ」

ひとりが顔に火傷を負いながら窒息し、ふたりが睾丸、ひとりが両目を潰され、ひとりが首の骨を折られていた。そして、窒息死以外の四人は、後頭部を砕かれていたそうだ。

その殺しを目撃した子分もいた。

「そいつは組の幹部だったんですがね、酒が入るとだらしない奴で、いいかげんなことばかり言いやがるんでさ。そのときも酔ってたみたいなんで、どこまで信用できるかはわからねえが……」

ここで虎五郎は言葉を止めた。

「親分、話を途中で止めないでくださいよ。よけいに気になるじゃありませんか……その子分は、なにを見たんですよ」

好奇心丸出しで、松子が問いかけた。

虎五郎は小さく息を吐いたあと、笑うんじゃねえぞ、と松子に釘を刺してから、

「狒々《ひひ》だって言ってましたよ」

虎五郎は京四郎に答えた。

「狒々……狒々って猿の妖怪ですか」

問いかけながら松子は思わず噴きだしたが、虎五郎に睨まれているのに気づいて手で口を覆った。

狒々は猿の妖怪だ。歳をとった猿が変化するとも言われている。通常の猿よりも大きいそうだ。

声をあげて笑いこそしないが、松子の顔に薄ら笑いが浮かんだのを見て、虎五郎は受け入れられないと察したのか説明を加えた。

「もちろん、わしもまともには相手にしませんでした。わしばかりか、誰も真に受けませんでしたよ。ですから、そのとき下手人は捕まらなかったんです。賭博

の客人同士の喧嘩沙汰として片づけられたんですがね。今回、そっくりな殺しが起きてみると、そいつが言っていた狒々っていうのもまんざら馬鹿にできない、と思った次第なんですよ。ですが、やっぱり絵空事とお思いになるでしょうね」

虎五郎は上目遣いで京四郎を見た。

「狒々ねえ」

松子はつぶやいた。

「狒々なんぞ夢物語でしょうが、わしは狒々そのものではなく、似たような男ではなかったのかと考えているんですよ」

「それで、おまえは狒々を捕まえようとしているんだな」

「かならず見つけだしますので、どうか狒々を退治してください。普通の人間相手ならば、わしもなんら臆することはないんですが、そんな化け物……じゃなくても怪物めいた奴が相手となると、勝てるかどうかわかりません。でも京四郎さまであれば……」

頭をさげた虎五郎に、京四郎は苦笑を浮かべた。

「おいおい、おれなら、狒々を退治できるというのか。さては、おれも化け物だと思っているのだな」

「聞いたところによれば、剣の腕前もさることながら、お腰に差されておられるのは、かの妖刀村正だとか。であれば、かならずや狒々を退治できるとわしは確信しているんですよ」

真顔で虎五郎は言った。

「ずいぶんと買いかぶってくれたものだな。おれの剣は、あくまで人間が相手だぞ。妖怪相手に通用するかわからぬな」

淡々と京四郎は返した。

虎五郎は金子を畳みに置き、

「ほんの手付け金です」

十両だ、と言った。

目を丸くした松子をよそに、

「受け取ろう。おまえのような博徒からは、せいぜいふんだくってやるよ」

辛辣な言葉を、京四郎は平然と投げかけた。

「きついお言葉ですな」

虎五郎は苦笑した。

「退治したらさらに成功報酬をもらうが……加えて、とびきり美味い物を食わせろ。妖怪退治ともなれば、並の美食では引きあわぬぞ」

「承知しました」

大きな声で答え、虎五郎はあらたまった様子になった。

「こうなったら、腹を割りますがね。どうしても、三馬鹿を殺した下手人をあげねえと、わしの顔……三度目一家の体面は丸潰れなんですよ」

「おおげさな物言いをするものだな。三馬鹿殺しを疑われたとて、おまえや一家の面目まで潰れるものではあるまい。もう一度申すが、おおげさだぞ。それとも、三度目の虎五郎、案外と肝が小さいのかな」

京四郎はからかうように声をかけた。

虎五郎はむきになったように、両目をかっと見開いて言いたてた。

「さきほどもちらっと申しましたが、近々、五年に一度の大きな花会を催すんです。ところが、南町奉行所からけちがつきましてね。これまでは北町に遠慮して大目に見てくれていたんですが、このままじゃ、いつなんどき難癖をつけられるかわかりません。今回はともかく、これ以降、参加者もどんどんと減っちまうでしょう」

すでに江戸市中はもちろん、関八州一帯の博徒の親分たちに案内状を送り、大勢の参加者が決まっているそうだ。だがなかには、参加を見送る者も出てきているという。

なるほど、たしかに博打を主とする虎五郎一家にとっては、大きな打撃だ。不穏な疑惑を払拭しないと、虎五郎は貸元の地位を失うかもしれない。

三馬鹿殺しの下手人探しに、虎五郎が必死なわけはわかった。

くれぐれもお願い致します、と深々とお辞儀をしてから虎五郎は出ていった。

三

虎五郎が居なくなった途端、松子は間口に塩を撒いた。

さらには、十手持ちをいいことにやりたい放題の虎五郎と、虎五郎の威を借りた子分たちを罵倒した。愛想よく対応はしていたものの、虎五郎一家に対して、あまりよい感情は抱いていないようだ。

ひとしきり、虎五郎への悪口雑言を叩いてから、

「京四郎さま、本気で狒々を成敗なさるんですか」

松子は問いかけた。

「ああ、そのつもりだ」

「また、冗談でしょう」

松子は笑った。

「ところで、その荒くれ者三人は、どんな容貌であったのだ。松子、耳にしておらぬか」

ふと京四郎は疑問を投げかけた。

「ひとりは背が高く、ひとりは痩せぎす、残るひとりは小太りだったって、銀次郎さんは言っていましたよ。横並びに三人が歩いていると、すぐに三馬鹿だとわかったそうですよ」

松子の答えを聞き、京四郎は夜鷹蕎麦の屋台を追いかけていった三人を思いだした。

その晩、京四郎は権蔵の夜鷹蕎麦を食べにいった。

「花巻をくれ」

京四郎は注文をした。

「へ～い」

権蔵は今夜も好々爺然とした愛想笑いを返しながら、蕎麦を茹ではじめた。

「権爺、恐くないか。この近場で惨たらしい殺しがあったろう。おれが蕎麦を食べてから、ほどなくして起きたようだぞ」

京四郎は昨夜の一件を話題にした。

「なにやら物騒な一件でごぜえますな。ああ、そうでしたか。この近くでしたか。こりゃ、用心しませんと……でも、なんでお侍さまが蕎麦を召しあがったあとだと決めつけられるんですか」

権蔵は花巻蕎麦を出した。

「おれがここで蕎麦を食べたころ、あるいはそれ以前だったら、騒ぎが耳に入っただろうからな」

京四郎が指摘をすると、

「お侍さまに召しあがっていただいてから、わしもすぐに屋台を移動しましたので……幸いなことでしたな。もし、ここで留まっておりましたら、わしも巻きこまれておりましたかもしれませんわ」

ぞっとします、と権蔵は肩をそびやかした。

「恐くはないか。ひとりで夜中に商いをしておるのだからな」

「まぁ、用心はしておりますが、それでも、世の中、乱暴者はおりますから。いくら気をつけていても、やられるときはやられるのでごぜえます。どのみち、老い先短い身でごぜえますからな、襲われたらお迎えが来たんだと諦めます」

権蔵は猿のような顔に、笑みを浮かべた。

ふと、狒々の話を思いだした。

だが、まさか権蔵が三人を殺したはずはない。非力な老人にできる殺しではないだろう。

「それはそのとおりだ」

花巻蕎麦をひと口食べてみると、この前よりも茹でたようで、やわらかい。文句をつけるほどでもないゆえ、黙って京四郎は食べ終えた。

「ところで、怪しい男を見かけなかったか」

さして期待せずに問いかけたが、権蔵は首をひねったままだ。

「いや、心あたりがないのならそれでよい」

京四郎は帰っていった。

客がいなくなったところで、権蔵は屋台を移動させようとした。

そこへ、

「蕎麦をくれ」

と、ひとりの男がやってきた。

垢《あか》じみた小袖によれた袴、月代と無精髭が伸び放題というむさ苦しい浪人だ。

「近藤《こんどう》じゃねえか」

権蔵は驚きの声をあげた。

「お頭《かしら》、元気そうだな」

近藤と呼ばれた浪人は言った。

「おめえもな」

「なあ、ひと稼ぎしようぜ」

近藤は、にんまりと笑った。

「まったく……懲りねえ奴だな」

そう答えつつ、ひひひ、と権蔵は笑った。

「それにしても、お頭、まだ腕は鈍っていねえな。三人の殺し、お頭の仕業だろう。すぐにわかったぜ」

近藤の言葉に、権蔵はぼやいた。

「ひさしぶりで鬱憤《うつぷん》晴《ば》らしにはなったが、無駄な殺生をしてしまったもんだ」

「悔いていなさるのか」

「悔いてなんかいないさ。人はいずれ死ぬんだからな、それに、あの連中は殺されたって文句を言えない、どうしようもねえ奴らだったんだ。なにも、天罰を与えたなんて思いあがっちゃあいねえが、後ろめたくはないさ」

権蔵は冷めた口調になった。

「そうかい。なら、ここらで屑連中から金を奪ってやろうじゃないか」

という近藤の持ちかけに、

「いまさら面倒だ」

意外にも権蔵は難色を示した。

「なんだ、つれないな」

「おまえ、金に困っているのか」

「……まあな」

「五年前に荒稼ぎをしたじゃないか」

権蔵は舌打ちをした。

五年前まで権蔵と近藤伊佐治《いさじ》は、上野国榛名《はるな》藩・佐川《さがわ》伊勢守《いせのかみ》家の隠密組に属していた。

　ところが、天下泰平が続き、あわせて藩の台所事情が悪化したことによって、藩の組織が大幅に改変された。その過程で、隠密などは不要だとされ、組は解散させられたのだった。

「あのとき、御家からは手切れ金として五両が支給された。たったの五両だぜ」

　そのときの藩の仕打ちを思いだしたのか、近藤は顔を歪めた。

「そんなもんさ」

　達観したように権蔵は言った。

「それで、お頭と賭場を襲ったんだったな」

「いや、おれは襲わなかったさ」

　三度目の虎五郎が貸元となった花会を、近藤は襲った。賭場のあがりを千両盗んだのだ。

　そして逃走する最中、近藤は榛名の者に見つかってしまった。榛名藩の藩士が五人ほど、花会に招かれていたのだ。

　藩士たちが近藤を追いつめ、あわや捕まる寸前のところで、その場にたまたま権蔵が居合わせた。

隠密組のころ、権蔵は夜鷹蕎麦屋に扮して探索をおこなうのが常であったのだが、藩を追われてからは正真正銘、夜鷹蕎麦屋になっていた。花会を開催していた賭場の近くに屋台を止め、蕎麦を売っていたのだ。

結局、権蔵は榛名藩の侍五人を始末した。

「あのとき、五百両ずつ分けたはずだぜ。使ってしまったのか」

咎めるように権蔵は問いかけた。

「悪銭、身につかずっていうのは本当だな。あれから、なんだかんだで使ってしまったさ。まったく、あっという間だったよ」

悔いることなく、近藤は笑った。

「おめえは馬鹿だ」

「ああ、馬鹿だ」

近藤は開き直った。

「悪いことは言わねえ。おとなしくしているんだ。それが身のためだぜ」

「もう一回だ。なんの因果か、ここは三度目の虎五郎の賭場の近くだ。もう一度、虎五郎の賭場から寺銭を奪ってやろうじゃないか。近々、大規模な花会が催される。寺銭も莫大なんだぞ。千両や二千両をいただいたところで罰は当たらない」

「花会の金を奪うのは二度目だから、虎五郎は怒らないとでも思っているんじゃあるめえな」

冗談混じりに権蔵は笑った。

「虎五郎が怒る暇もなく、奪ってやろう。お頭、頼む」

近藤は諦めない。

「やめとけ」

権蔵も頑として誘いに乗らない。

「なんだ、弱気だな。ああ、そうだ、虎五郎の奴、お頭を探しまわっているぞ。五年前の五人殺しと同じ者の仕業だって、狙いをつけているようだ。あんな連中、束になったってお頭に勝てるわけないがな」

「そうか、用心しなきゃな」

権蔵はうなずいた。

「だから、ひとつ大きく稼いで、江戸をおさらばしようぜ」

「やらん」

「最後の腕の見せどころだぜ」

「早く食いな、蕎麦が伸びちまうぞ」

権蔵にうながされ、近藤は蕎麦を食べはじめた。

四

長月の八日、京四郎はひさしぶりに浅草並木町の不老庵に立ち寄った。

松子から内密の情報を得たのだ。

三度目一家は、三人殺しの下手人として相撲取りに目をつけたそうだ。相撲取りならば、三人をあのような惨たらしく殺せる。実際、三度目一家の子分のひとりが、殺しの現場付近で相撲取りらしき大男を見かけたらしい。

それを聞いた松子は、まさか助右衛門の仕業では……と危ぶみ、京四郎に真実を確かめてくれるよう頼んだのだった。

「蕎麦、召しあがりますか」

主の嘉平が言ってきたが、

「蕎麦はいらぬ。酒と肴を適当に」

京四郎は返してから、助右衛門の様子を確かめた。店の裏で薪割りをしていると聞き、のぞきにいく。

嘉平が言ったように、助右衛門は浴衣を諸肌脱ぎにし、木株の前であぐらをかいて薪を割っていた。両の手に鉈《なた》を持ち、木株に置いた薪を次々と割ってゆく。薪が割られる音が、耳に心地よい。助右衛門の鉈捌きは、じつに壮観であった。

不老庵には、近所の女房連中が薪を持ちこんでくるそうだ。それも助右衛門は、快く引き受けている。蕎麦打ちのかたわら、毎日のように助右衛門は薪割りに勤しんでいた。

生き甲斐を見つけたようで、助右衛門は生き生きとしている、と嘉平も目を細めて語っていた。

「ああ、京四郎さん。お元気そうでなによりでんな」

京四郎の姿を認めた助右衛門が、鉈を地べたに置き、にこやかに言ってきた。

「うむ。おまえが達者で、おれも嬉しいぞ」

「まあ、おかげさんで、なんとかやっていますが……」

そこで助右衛門は言葉を止めた。なにか迷いがあるようだ。

「どうした……そうか、物足りないのだろう。相撲が取りたくなったのではないか」

京四郎は言った。

「あ、いえ、そんなことは」

助右衛門は口ごもった。

「暴れたくはないか」

「喧嘩はしたくありません」

きっぱりと助右衛門は言いきった。

「つかぬことを聞くが、今月一日の晩、黒門町界隈を歩いておったか」

松子から聞いたことを確かめた。

「ああ、たぶん、そぞろ歩きをしてましたよ。このところ、夜歩きをしていますので、一日も黒門町界隈まで足をのばしたと思います」

「どうして夜歩きなどしておるのだ」

「身体をもてあましておりますのでな、湯屋に行ったついでに、浅草から上野に行ってみたんですわ。べつに目的があったわけではありませんがな」

「そうか。その途中に喧嘩なぞしなかったか」

「いえいえ、してませんわ。わしが喧嘩したら、相手を殺してしまいますから」

巨体を小さくして答えた。

「黒門町のあたりで、惨たらしい殺しが起きたのだ」

京四郎が三馬鹿殺しを話題にすると、

「京四郎さん、そら殺生でっせ。わしの仕業と疑っているんですか」

すぐに意図を察したらしく、助右衛門は口を尖らして抗議した。

「疑っておる」

京四郎らしい、ずけずけとした物言いで答えた。助右衛門は嫌な顔をした。

「三人の惨たらしい殺されぶりからして、相当な力を持った者の仕業だ。しかも、刃物ひとつ使わずおこなっておるのだ。そんなことができる者といえば……」

ここで京四郎は言葉を止めた。

「わしのような男、というわけですか」

助右衛門は苦笑した。

「ならば、やはり、おまえの仕業か」

おかしそうに京四郎が問いかけると、まさか、と助右衛門は右手をひらひらと振った。

「本気で疑っておったわけではない。念のために確かめたのだ」

「お疑いは晴れましたか。わしの言い分だけで」

「ああ、十分だ。これからもおまえの馬鹿力を借りなければならないからな」

言葉は嘘ではなく、わずかながら抱いていた助右衛門への疑いは晴れていた。明確な根拠などないが、あのような殺しをした暗さは見えない。

「いつでも声をかけておくんなはれ」

陽気な顔と声で、助右衛門は言った。

そのころ、夢殿屋にネタ屋の銀次郎がやってきていた。薬が入った風呂敷包みを脇に置き、銀次郎は意気込んでいる。

「なんだい、おもしろいネタでもあるのかい」

期待していないよ、という顔つきで松子は返した。

「おもしろいかどうかはともかく、三度目の親分のことですよ」

銀次郎は半身を乗りだした。

「親分がどうしたんだい。まさか、三馬鹿殺しで南町にあげられたんじゃないだろうね」

「そうじゃねえんですがね、こんなときに大がかりな花会をやるっていうんですよ」

銀次郎は言った。

「まあ、そりゃ、開かないわけにもいかないだろうさ。おまんまの食いあげになっちまう」

虎五郎から聞いた話は明かさないでおいた。得た情報はできるかぎり独占するのが、職業柄身についた松子の癖であった。

「それでですね、五年前にも川越宿で大きな花会を開いたんですが、そのとき、寺銭の一部を奪われたうえに、賓客を何者かに殺されたんですよ。その殺され方が、今回の三馬鹿殺しに似ていたそうなんです」

「賓客……」

そう言えば、虎五郎は五人殺されたと言っていたが、何者かは話さなかった。花会に参加していた博徒だとばかり思っていた。

「榛名藩、佐川家のご家来衆だそうですよ。虎五郎親分は、上州榛名にも賭場を開帳していましてね、佐川家には黙認してもらう代わりに、寺銭の一部を上納しているんです。それで、川越の花会に、佐川家から幾人か藩士が招かれた。その方々が殺されてしまったとあって、虎五郎親分は榛名藩佐川家までわざわざ謝りにいったんです」

「そりゃ、たいそうな詫び金を払ったんだろうね」

「それに加えて、賭場の上納額もずいぶんと増やしたんですって」

銀次郎はここで、咽喉が乾いた、とお茶を飲んだ。咽喉を潤してから、

「下手人が同じ野郎だとしたら、まさに面目は丸潰れってわけですよ」

「そりゃそうだね」

松子は笑って問いかける。

「で、肝心の下手人は見つかったのかい」

「見当をつけたそうですよ」

銀次郎は語調を強めた。

「じゃあ、京四郎さまにお呼びがかかるってもんだね」

「そうですよ。姐御、せいぜい助太刀料をふっかけたらどうですか」

「そうだね、よし、五十両……いや、百両ももらおうか」

いつもの取らぬ狸の皮算用を、松子ははじめた。

五

その翌日、京四郎は三度目の虎五郎一家に呼ばれた。

池之端の横丁にある一軒家の客間に通される。大勢の子分たちが、恭しく出迎えた。

「下手人の見当がついたようだな」

京四郎が問いかけると、

「まず、間違いないですよ」

虎五郎は言った。

「何者だ」

京四郎は目を凝らした。

「相撲取りですよ……いや、元相撲取りですね」

やはり、助右衛門を疑っているようだ。

「なるほど、三馬鹿の殺されようを考えれば、力士が下手人だと考えられるな」

あえて話を合わせると、虎五郎はうなずいた。

「殺しの手口だけじゃありません。若い者が情報を集めたんですがね……」

虎五郎が言うには、その探索の結果、ひとりの男から有力な証言が得られたという。

「何者だ、証言をしたのは」

「うちの賭場に出入りしている、近藤伊佐治さんという浪人さんですよ」

「信用できるのか」

「もとは、上州榛名藩・佐川伊勢守さまのご家来だったんですがね。ご事情があって御家を離れなすったんです。榛名には貸元になっている賭場がありまして、まあ、大きな声では言えませんがずいぶん世話になってました。川越宿で花会を開いたとき、近藤さんは用心棒になってくださったんです」

川越宿での花会のあと、江戸に出てきた近藤は、縁を頼ってきて、いまも虎五郎の一家の用心棒をしているそうだ。

「一日の夜、近藤先生は非番だったんですよ。それで、黒門町界隈で一杯飲んでいらしたそうなんです」

虎五郎は言った。

近藤はそのとき、相撲取りのような巨漢を見かけた。その情報をもとに、子分たちが周辺を聞きまわると、たしかに力士のような大男があたりをうろついていたという。

たまたま目撃者のひとりが、大男を見知っており、浅草並木町の不老庵という蕎麦屋に奉公していることを突き止めたそうだ。

「それなら、近藤という用心棒に退治してもらえばよいではないか」

京四郎自身、助右衛門への疑いはとっくに捨てていたが、あえてとぼけて聞いてみた。

「それが……近藤先生は、腕のほうはたいしたことないんですよ」

肩をすくめ、虎五郎は苦笑した。

「そんな者を、よく用心棒に雇うものだな」

皮肉な笑みを返す。

「お飾りって言いますかね、賭場で大小二本差しの浪人さんは、客への威圧になるんですよ。近藤先生は、こう言ってはなんですが、たいそう人相が悪くて、あの顔で凄まれたら、賭場の客なんぞすごすごと逃げだしてしまいます。暴れる客には、子分どもが対処しますからね。それと、近藤先生は欲のないお人なんですよ。飲み食いさせてくれればそれでいいっていう奇特な人で」

さすがにそれでは申しわけないと、月に一両を渡しているそうだ。

「月に一両か。それでは、腕を求めるわけにはいかぬな」

京四郎が笑うと、虎五郎も口を歪めてうなずく。

「そういうこって」

「しかし、その力士が下手人で間違いないのか。近藤は殺しの現場を見たのか」

「見たって、おっしゃっていましたよ」

「ほう……だが、近藤だけの証言だろう」

京四郎は間違いを正そうと思った。

「もうひとり、有力な証人がいるんですよ。でもそいつは、殺しの現場は見ていないんですがね。力士らしき男が黒門町界隈を、いかにも差し迫った顔で逃げていたというんです。あたかも、人を殺してしまったあとのように」

それはおかしい。助右衛門はあくまで、ぶらぶらとそぞろ歩きをしていただけだ。必死な形相になる理由はないだろう。

「その証人とは、どんな奴だ」

「さあ、素性はわかりませんが、近藤先生の知りあいのようです」

「知りあいなあ……」

なんとも嘘くさい証言ではないか、と京四郎は思ったが口には出さなかった。

「間違いないですよ。それで、先だってもお願いしましたように、ぜひとも徳田さまのお力を借りたいと思いまして」

虎五郎は媚びるような笑みを浮かべた。

「おまえの子分は相当いるんだろう」

「相当ってことはありませんよ。五、六十人というところです」

「六十人もいれば、いくら強い奴だって捕まえられるぞ」

京四郎が指摘すると、

「ですがね、力ずくで捕まえようとしたら、どれだけの子分がやられるか……なにも、わしが子分思いの慈悲深い親分を気どっているんじゃござんせんよ。言いましたでしょう。大規模な花会を開くんです。江戸はもとより、関東一帯の親分衆が集まるんですよ。親分方の接待したり、賭場を営む者がいなくちゃ、花会は成り立ちませんからね」

虎五郎は本音を漏らした。

「そういうことか」

「お願いします」

頭をさげた虎五郎に、

「よかろう、その相撲取りが本当に三馬鹿殺しの下手人ならば、退治してやる」

助右衛門ではないのを承知しながら、京四郎は引き受けた。

夢殿屋に寄った京四郎に、松子が問いかけてきた。

「どうでした、三馬鹿殺しの下手人を、親分は探しあてたんですか」

「探しあてた、と思ってるな」

答えてから、虎五郎が助右衛門を疑っていることを言い添えた。

「やっぱり、助右衛門さんを……ああ、そうだ、京四郎さま。助右衛門さんを訪ねたんですよね」

松子は顔を曇らせながら確かめた。

京四郎は助右衛門を訪問した経緯を述べ、自分としてはもはやまったく疑ってはいないと伝えた。

「それなら、三度目の親分の間違いを正せばよかったじゃないですか」

責め口調になった松子に、京四郎はため息をついた。

「虎五郎の頭の中は、助右衛門が下手人だという考えでいっぱいだ。なにを言っても、いまは聞かぬだろう。十人ばかりの子分を連れて、助右衛門に会いにゆくらしいから、その場で、助右衛門の濡れ衣を晴らしてやったほうがよい。虎五郎の奴、赤っ恥を掻くさ」

「京四郎さま、意地悪ですね」

松子はくすりと笑った。

「おまえだって、虎五郎を嫌っているじゃないか」

「だってあいつは、北町から十手を持たされているのをいいことに、賭場や岡場所を牛耳って、さんざん好き放題やってますからね。子分たちも、親分の威を借りて威張り散らしていますよ」

「そんな嫌な奴にも、よく愛想笑いをして、よいしょもできるな」

京四郎は苦笑した。

「そうでもしなけりゃ、読売屋は務まりませんからね」

松子は抜け抜けと言いたてた。

「そこは感心するな」

「お褒めいただき、ありがとうございます」

恭しくお辞儀をした松子に、京四郎は伝言を頼んだ。

「助右衛門のところに行って、明日の昼さがりに、おれが三度目一家の子分を連れていく、と報せてやってくれ」

「わかりました」

「さて、いったい、本当の下手人は何者なのだろうな」

「あんな惨たらしい殺しをしでかしたんですもの。鬼か蛇のような男に決まっていますよ」

顔をしかめつつ、松子は言った。

六

京四郎は虎五郎と子分たちとともに、不老庵を訪ねた。

すぐに裏手にまわり、助右衛門と対面をする。

今日も助右衛門は木株の前に腰をおろして、両手の鉈で薪を割っている。

「助右衛門、この者たちが話があるそうだ」

京四郎は声をかけた。

「なんですか」

間の抜けた声で助右衛門は問い直したものの、薪を割る手を止めはしない。

三度目の虎五郎が、

「おい、おめえ、三馬鹿を殺したな」

単刀直入に問いかけた。

「殺してまへん」

即答し、助右衛門は薪を割り続ける。

「てめえ！」

子分のひとりが、助右衛門に殴りかかった。すると助右衛門はかたわらに山積みにされた薪の一本をつかんで、子分に放り投げた。

薪が子分の顔面を直撃する。

子分は両手で顔を押さえて悶絶した。

他の子分たちが憤ったのを虎五郎は制して、

「黒門町で起きた殺しは耳にしているな」

と、確かめる。

「知ってますよ」

ここに至って助右衛門は、両手の鉈を木株に叩き刺して立ちあがった。

まるで熊が立ちあがったような助右衛門に、虎五郎も子分たちも思わず後ずさりをする。

それでも虎五郎は親分の威厳を保つように、

「おめえの仕業だって……見た者がいるんだぜ」

と、見あげながら責めたてた。

「せやから、わしやないですわ」

助右衛門は繰り返した。

子分のふたりが懐に呑んだ匕首を抜き、凄んだ。

「しらばっくれるんじゃねえぞ」

「しつこいな、覚えがないと言うてるやないか。何度同じことを言わすのや」

声を大きくして助右衛門は言い返した。

「野郎！」

子分たちは腰を落とし、匕首を手に助右衛門目がけて突進した。

助右衛門は両手で、ふたりの頭を押さえつけた。見あげるような大男を相手にしたふたりである。あたかも、大人に立ち向かう子どものようだ。子分たちは両手をばたばたと動かし、悪態を吐いた。

そのまま助右衛門はふたりの髷をつかみ、

「い、痛えじゃねえか」

文句を無視して、頭をぶつけあった。ごつん、という鈍い音がして、ふたりはその場に昏倒した。

残った子分たちは、すっかり及び腰となってしまった。

ここで虎五郎が、

「徳田さま、お願いします」

すがるような目で頼んできた。

「助右衛門は殺していない、と申しておるではないか」

京四郎は虎五郎に、淡々と語りかけた。

「とぼけているだけですよ」

「そうは見えぬぞ」

京四郎は助右衛門に視線を向けた。

「ほんまでっせ」

助右衛門も言いたてる。

「徳田さま、退治してくださるんじゃないんですか。約束が違いますぜ。武士に二言はないでござんしょう」

責めるような目と口調で、虎五郎は京四郎を問いただした。

「おれは、助右衛門が三馬鹿を殺したのなら、助太刀しようと申したのだ。物覚えの悪い親分さんだな」

からかうように、京四郎は鼻で笑った。

「そりゃ……ですからね、こいつが殺したのを見た者がいるんですよ」

むきになって虎五郎は言いたてた。

すると、

「おまえ、川越宿の花会のときに寺銭を奪われ、客を殺されたのだったな。しかも、三人殺しのときと同じような殺され方で」

不意に、京四郎は五年前の花会の話を蒸し返した。

「そうですよ……だからこそ、今回は黙って見過ごせねえ。きっちり下手人に落とし前をつけたいんでさあ」

それがどうしたというように、虎五郎は返した。

「そのとき、おまえの子分が怪しい奴を見たと言ったな。狒々のような男……ということはだ、それが化け物ではなく人間だとしたら、猿のような小柄な男だったのではないか」

京四郎は助右衛門を見やった。

助右衛門は、大地に根差した大木のよう立っている。

「とてものこと、こいつは猿や狒々のようには見えないだろう。むしろ小柄で、すばしっこくてしかも怪力……下手人はそんな奴じゃないのか」

　京四郎に指摘をされたが、虎五郎はまだ納得がいかないようだった。

「そりゃ、そうだが……そもそも、狒々っていうのは妖怪だ。この世に妖怪がいるわけがねえし、悪酔いした子分の証言は、どうにも信用できねえ。だから、近藤先生が見かけた、この相撲取りの仕業に違いないんだよ」

「その近藤という男、用心棒だそうだが、信用は置けるのか」

「何年も安い金で用心棒をやってくれているんだ。そりゃ、信用がなければ、雇ってなんかいないですぜ」

「では、ここに連れてこい」

　京四郎の要求に、

「ですから言ったじゃござんせんか。腕はからっきしなんで、相撲取りを退治するには役に立たないんですよ」

　虎五郎は異論をとなえた。

「近藤先生に手助けを頼むわけじゃない。助右衛門が三馬鹿を殺した下手人に間違いないのか、面通しをさせるのだ。昼日中の助右衛門を見て、自分の思い違いではないのか、確かめさせればよかろう」

淡々とした京四郎の説明に、虎五郎はしばらく考えていたが、

「よし、わかった」

と、承知をして、

「おう、近藤先生を呼んできな」

と、子分たちに命じた。

「さて、待つ間、なにか食うか」

京四郎が退屈そうに言った。

我関せずとばかりに、助右衛門は薪割りを再開している。

「さあ、店の中に入るぞ」

京四郎は誘ったが、

「でも……」

虎五郎は助右衛門が気になるようだ。

「わし、どこへも行きまへんで」

振り向きもせず、助右衛門は言った。

「助右衛門の言葉を信じてやれ。だいいち、こんな目立つ男だ。出ていったって、あんたの子分なら探しあてるさ」

「それもそうか」

虎五郎も納得し、京四郎とともに不老庵に入った。

あまり時がないということで、握り飯と味噌汁を頼んだ。

食べ終えたところで、ちょうど近藤が姿を見せる。

垢じみた紺地の小袖に、襞がなくなった袴、月代と無精髭は伸び放題という、いかにも尾羽打ち枯らした浪人だ。

目の覚めるような片身替わりの小袖の京四郎とは、同じ浪人でも天地の開きがある。

もっとも、近藤のほうが本来の浪人らしく、京四郎が異形なのだが……。

「ならば、助右衛門の面通しをやるか」

京四郎が言うと、

「呼んでこい」

虎五郎は命じた。

子分が、庭で薪を割っている助右衛門を呼びにいった。

近藤は、そわそわとしている。

やがて、助右衛門が巨体を揺すぶりながらやってきた。座敷の真ん中に、どっかとあぐらをかいた。

「先生、こいつで間違いないですよね」

虎五郎が問いかけると、

「そうだ」

近藤はろくに助右衛門を見もせずに答えた。

「よく見ろ」

京四郎が近藤に声をかけると、ようやく近藤は助右衛門に向いた。

助右衛門が大きな顔を突きだし、

「さあ、よう見なはれ」

と、大きな声を放った。

おどおどとした近藤を、虎五郎が励ます。

「先生、しっかりしてくだせえや」

「おまえで間違いない」

ややあって、近藤はそう断じてから顔をそむけた。

「嘘をつけ！」

助右衛門が声を荒らげた。

「う、嘘ではない」

近藤はたじたじとなりながらも、言い張った。

「おれは先生を信じるぜ」

虎五郎の言葉を力強く思ったのか、近藤がやや口調を強めた。

「拙者、浪人しても武士。武士に二言はない」

「本当か」

京四郎の問いかけに、近藤は無言でうなずく。

「ふうむ。これでは埒《らち》が明かぬな。お互い、自分の言い分を曲げない」

「そりゃ、そうですが……」

京四郎の言葉を受け、虎五郎も首をひねって言葉尻を濁した。

すると、近藤が提案した。

「親分、これ以上、話していても意味がない。それならば、この先は町奉行所に任せればよかろう。助右衛門を、奉行所に突きだせばいい。さすれば、奉行所が吟味をおこない、白黒つけるだろう」

「そりゃいい」

虎五郎は賛同したが、

「わしは奉行所なんかに行かへんで」

助右衛門は拒んだ。

「そりゃ、そうだろうな。好きこのんで、やってもいない殺しの吟味をしてください、などと奉行所に行くわけがない」

笑いながら京四郎が言うと、助右衛門も力強くうなずいた。

「ならば、捕まえて無理やり引きずっていけばよかろう」

事もなげに近藤は言ったが、

「それなら、先生がこいつを奉行所に突きだしてくれよ」

虎五郎は鼻白んだ。

「ほう、やってみるか」

挑発するように、助右衛門は近藤を睨んだ。

「そ、それは、拙者の手にはあまるゆえ」

たじろぐ近藤を見て、

「たいした用心棒だな」

京四郎は笑った。

「突きだせるものなら、突きだしてみいや。さあ、どうや」

いきなり助右衛門は両手を広げた。

ここにきて、虎五郎も我慢ならなくなったのか、

「ええい、面倒だ。野郎ども捕まえろ」

子分たちに命じたが、誰もが及び腰となって挑みかかろうとしない。

「生け捕りにするのは、殺すよりも大変だぞ」

他人事のように京四郎がからかいの言葉をかけたが、子分のなかには、そうだとばかりに深くうなずく者も出る始末である。

「ちぇっ、だらしがねえ野郎どもだ」

虎五郎は意を決したように、助右衛門に向かって肩を怒らせながら近づく。

「てめえ」

怒声を浴びせ殴りかかろうとしたが、

「うるさい」

助右衛門は虎五郎の顔面に、張り手を食らわせた。

たちまち虎五郎は吹き飛び、子分たちはざわめいたものの、助右衛門に睨まれると足がすくんでしまった。

「やれやれ、見ていられないな」

京四郎は気を失った虎五郎を抱き起こして、活を入れた。

「や、野郎」

意識を取り戻した虎五郎がわめいた。しかし、身体がついていかないのか、すぐに腰がへなへなとなって尻餅をついた。

「くそ……」

すっかりと虎五郎はうなだれてしまった。

「さて、下手人を探し直すか」

京四郎が言うと、虎五郎は情けない声を出した。

「そんな、いまさら……」

「おいおい、親分は下手人を探すのが目的なんだろう。ここで探すのを諦めてどうする」

そこで京四郎はいったん言葉を切り、近藤に向けて問いかけた。

「ところで近藤さん、あんた、助右衛門が三馬鹿殺しの下手人だというのなら、それを証拠立てるなにかを示せ。たとえば、あんた以外に殺しを見た者はおらぬのか。ああ、そうだ。知りあいも見たそうだな」

近藤が答える前に、虎五郎が口をはさんだ。

「そうだよ、近藤先生、お知りあいを連れてきておくんなさいよ」

「それは……」

近藤はしばし考えていたが、

「その知りあいとは、いったい何者だ」

京四郎は問いを重ねた。

「……蕎麦屋の親父だ」

追及をかわしきれぬと思ったか、苦しげに近藤は答えた。

「どこの蕎麦屋なんですよ……先生、それならそうと早く言ってくださいよ。これで、この相撲取り崩れに、ぎゃふんと言わせられますよ。四つの目の玉でこいつが下手人だと訴え出れば、奉行所だって聞き届けてくれますよ」

虎五郎も興味を覚えたのか、意気込んだ。

「それが、店をかまえておるわけではないのだ」

近藤の答えに、

「夜鷹蕎麦屋ですかい」

虎五郎は問い直した。

「そうだ」

「どのあたりです」

「上野黒門町あたりで見かけたな」

近藤は思いだすようにして、天井を見あげた。

「よし、その蕎麦屋を探して、面通しをさせよう。おう、相撲取り、覚悟しやがれ」

虎五郎は強気になったが、助右衛門はまったく動じていない。

「何人来ようが、なにを言われようが、わしはやっとらん」

「ならば、拙者は夜鷹蕎麦屋を探してこよう」

逃げるようにして近藤は出ていき、助右衛門は薪割りに戻った。

残った京四郎は、虎五郎に問いかける。

「ところで親分、以前の花会で狒々を見たという酒好きの子分は、まだ組におるのか」

「ええ、おりますけど」

訝しんだ虎五郎に、京四郎はニヤリとした。

「面通しの場に、そいつも呼んでおけ」

「でも、どじ野郎ですぜ」

「いいから、呼べ」

京四郎に強い口調で言われ、わかりました、と虎五郎は承知した。

七

権蔵の屋台を探しあてた近藤は、挨拶もそこそこに、これまでの経緯を説明した。そして権蔵に、証人になってくれるよう頼んだ。

「馬鹿野郎、そんな目立つことに巻きこむな」

権蔵は不満たっぷりに言い返した。

「しょうがないんだ。おれの証言だけでは、あの助右衛門という力士崩れに濡れ衣を着せられないんだ。お頭の証言が必要なのだ」

なおも近藤は訴えかける。

「そんなことにかかわる必要はないだろう。放っておけ」

にべもなく権蔵は言った。

「そういうわけにはいかない。最初に聞かれたときに、お頭をかばうつもりで、つい通りで見かけた大男の話をしてしまったのだ。そのあとも嘘に嘘を重ね、犯行現場まで見たと言ってしまった。いまさら間違いだったじゃ通用しない」

「馬鹿なことを……」

やり方は稚拙であったが、自分をかばうためだったと言われてしまうと、権蔵とて無碍《むげ》にもできない。

「花会が開かれたら、あとひと稼ぎして、とんずらしよう。江戸を出るんだ」

「しょうがないな。あとで虎五郎のところに行けばいいんだな」

「すまない」

謙虚に近藤は頭をさげた。

「さあ、帰りな。商売の邪魔だ」

ときおり通りかかる人の耳目を気にしてか、いきなり権蔵は夜鷹蕎麦屋の主に戻った。どうせなら近藤は蕎麦を食べていこうかとも思ったが、

「失礼する」

と、帰ろうとした。

それを、

「待て……こうなったら、予定を変えるぞ」

権蔵は思いつきを口に出した。

「どういうことだ」

近藤はぎょっとした。

いつの間にか権蔵の表情は、夜鷹蕎麦屋の好々爺然としたものから、隠密の頭だったころの強面に変化している。

「おまえ、わしを見たという、虎五郎の子分を連れてこい」

「どうやって」

「なんでもいい。美味い蕎麦を食わせてやる、とでも言え。それで同時に、助右衛門とやらをおびき寄せるんだ。子分の口を封じたあとに、今度こそ確実に助右衛門に濡れ衣を着せてやる」

隠密らしい陰険な企みであった。

「よしわかった」

まるでありし日の権蔵が戻ったようで、近藤も生き生きと目を輝かせた。

夢殿屋に呼ばれて京四郎が訪れてみると、松子のほかに助右衛門が待っていた。

「京四郎さま、近藤から誘われたんですわ」

助右衛門が言った。

おのれの証言が間違っていたので謝りたい、と近藤は申し出てきたという。

「謝るだけではなく、代わって怪しい奴がいるから一緒に捕まえてくれ、とも頼ってきたんですわ」

どうしようか、と助右衛門は京四郎に相談をしたかったのだ。

「やめておいたほうがいいよ」

松子は賛同を求めるように、京四郎を見ながら話を続けた。

「いかにも怪しいでしょう。きっと、三度目の親分が闇討ちにしようって魂胆ですよ」

「わしもそう思います」

「行ったらどうだ」

助右衛門も同意したが、

意外にも、京四郎は勧めた。

「そ、そんな」

松子が危ぶんだ一方で、助右衛門は京四郎の説明を待ちかまえている。

「いいか、近藤が動きだしたのだ。松子が言ったように、近藤には魂胆がある。

おそらく、近藤が言うもうひとりの証人……夜鷹蕎麦屋の親父は、狒々のような爺だ」

京四郎は権蔵について語った。

「それじゃあ、夜鷹蕎麦屋の爺が、三馬鹿を殺したんですか」

松子は信じられないと首を横に振った。

「その爺さん、妖怪なんですか」

助右衛門は真顔で問いかける。

ふっ、と笑いながら京四郎は答えた。

「もちろん人間だ。だが、妖怪のような技を使うのだろう」

さっそく松子が目を輝かせた。

「これ、おもしろい読売になりそうだわよ。無敵の素浪人・徳田京四郎、狒々退治の巻、なんて受けるわ」

「おいおい、あんまり調子に乗るなよ」

京四郎は諫めたが、

「調子に乗りに乗りまくりますよ。こんなありがたい話はありませんからね」

聞く耳を持たないどころか、松子は意気軒高になるばかりであった。

「まったく、おまえにはなにを言っても無駄だな。で、助右衛門。近藤はどこに来い、と言っているんだ」

「黒門町の閻魔堂ですわ」

助右衛門が答えると、すぐさま京四郎は応じた。

「よしわかった。おれも行く」

「あ、あたしも行きますよ」

松子の申し出には、

「来るなと言っても来るだろうな」

京四郎は笑った。

「下駄の雪ですからね」

「なんだ、それ」

「踏まれても蹴られてもついてゆきます、下駄の雪」

と、松子は下駄の裏側にこびりついた雪に我が身を例えた。

近藤は出来損ないの子分、茂吉《もきち》を、夜鷹蕎麦屋に連れてきた。

日が暮れてから風が強くなり、分厚い雲が空を覆った。湿気があり、いまにも雨が降ってきそうだ。

「ここの蕎麦は美味いぞ。たまらない」

近藤は花巻蕎麦をふたつ頼んだ。

「近藤先生、あっしをお誘いなんて珍しいですね」

茂吉は警戒心を呼び起こしたようだ。

「おまえが気の毒でな」

川越宿での花会でのしくじりを蒸し返した。

「ありゃ、あっしが酔っ払ってたんで、しかたがないですよ。狒々の化け物を見たなんて、いま考えれば馬鹿げた話です。それでも追いだされずに済んでるのですから、親分には感謝しています」

茂吉は卑屈な笑みを浮かべた。

「そうは言ってもな。かつては三度目一家の幹部だったんだろう。ま、わしも腕はからっきしの情けない武士だ。それでも食わしてもらっているんだから、虎五郎には感謝しておる。それゆえ、虎五郎にとっての邪魔者、三馬鹿を殺した奴を、ぜひとも退治してやろうじゃないか」

そこへ、花巻蕎麦が届いた。

海苔の香りに、茂吉の顔が穏やかになる。食べろ、と勧めてから、

「退治したら、おまえは幹部に戻れるぞ」

近藤は茂吉を煽りたてた。

「先生、下手人を知っていなさるのか」

表情を明るくした茂吉にうなずいて、

「ああ、知っているとも」

近藤は箸を割り、蕎麦を啜りはじめた。

ふたりで蕎麦を食べていると、ふと、

「で、どこにいるんですよ」

茂吉が尋ねた。

「すぐそばだ。蕎麦じゃないぞ」

軽口を交え、近藤は言った。

「そばですって？　どこですよ」

茂吉は、きょろきょろとあたりを見まわした。

「ほら、目の前だ」

近藤に言われ、茂吉は正面を見た。

行灯の淡い灯りに、蕎麦屋の主が好々爺然とした笑みを浮かべている。

「どこです……」

権蔵の顔を見ながらも、茂吉はなおも問いかけていたが、ふとなにかに気づいたように言葉を呑みこみ、まじまじと見直す。

権蔵の好々爺然とした表情はなりをひそめ、代わって妖怪のごとき顔となっていた。

「あ、あ、あんた……」

茂吉は立ちあがろうとした。しかし、あわてるあまり、足をもつれさせて転んでしまった。

立ちあがろうとしたところに、権蔵が近づいてくる。

「ひええ～助けてくれ。近藤先生……」

茂吉は近藤に助けを求めたが、

「ほら、退治しろ」

と、冷たく突き放した。

「そ、そんな……」

なおも茂吉は立ちあがろうとしたが、腰が抜けてしまってもがくだけだ。

夜空に稲妻が奔《はし》り、雨粒が降ってきた。

権蔵は茂吉の顔を両手で持つと、表情を変えないまま左右にひねった。首の骨が折れる鈍い音を、雷鳴がかき消した。

茂吉は白目をむいて、息を引き取った。

「馬鹿な奴だな」

近藤は吐き捨てた。

「次の馬鹿のところへ行くぞ」

権蔵は冷めた口調で言った。

京四郎と助右衛門、それに松子は、閻魔堂にやってきた。

まだ誰もいないことを確かめてから、助右衛門は境内に立ち、京四郎と松子は閻魔堂の陰にひそんだ。あいにく雨が降りだしたが、助右衛門は気にする素振りも見せず、浴衣姿で立ち尽くした。

ほどなくして、近藤が堂に入ってきた。

「夜分、すまぬな。まずは、蕎麦を食おう。近くまで、夜鷹蕎麦屋を呼んでおいた」

近藤は誘った。

「ごっつあんですが、雨ですわ」

助右衛門は雨空を見あげる。

「なに、蕎麦の一杯くらい大丈夫だ」

返事を待たず、近藤は歩きだした。

助右衛門もついていこうとしたところで、雨が本降りになった。すると、雨に白く煙る人影が現れた。小柄な老人だ。

「お頭、こいつですぜ」

近藤が声をかける。

権蔵は無言で、助右衛門に歩み寄る。

そこへ、

「親父、花巻蕎麦を食わせろ」

閻魔堂の陰から、京四郎が飛びだした。

一瞬、権蔵は歩みを止めたが、

「これはお侍、あいにくだが、今夜はこの雨ですよ。蕎麦は作れませんや」

動ぜずに権蔵は返した。

「ままよ、この世の名残に、おまえに蕎麦を作らせたかったのだがな」
京四郎は冷ややかな笑みを顔に貼りつけた。
ときおり見せる、空虚で乾いた笑顔である。
「ご挨拶ですね」
権蔵も、ひひひ、と不気味な笑いを放った。
風が強くなり、嵐が到来した。
暴風雨のなか、京四郎と権蔵は対峙した。ただならぬ両者の殺気に煽られ、助
右衛門と近藤は境内の隅に寄った。
権蔵は腰をかがめ、京四郎をうかがう。
「冥途の土産にお目にかけよう。秘剣雷落とし」
京四郎は妖刀村正を下段に構えた。
次いで、ゆっくりと切っ先を大上段に向かって摺りあげてゆく。
すると、京四郎と権蔵の間だけ、雨風がやみ、暗闇が支配した。
暗黒のなかで、村正の刀身が妖艶な光を発し、やがて大上段の構えで止まった。
妖光に、片身替わりの小袖が浮かぶ。
左は白地に牡丹が真っ赤な花を咲かせ、右半身は極彩色で描かれた唐獅子が吠

えている。

すると、闇夜を切り裂くように稲妻が奔った。

吸いこまれるようにして、権蔵は駆けこんだ。

次の瞬間、雷光と化した村正が権蔵の首を刎ねあげた。

どしゃぶりの境内に、権蔵の首が転がるさまを目のあたりにし、近藤は引きつった顔で遁走した。

「逃がさへんで！」

すかさず、助右衛門が追いかける。

激しい風雨をものともせず、助右衛門は巨体を揺さぶって閻魔堂を出た。

近藤は夜鷹蕎麦の屋台の横を走ってゆく。助右衛門は屋台に近寄ると、両手で持ちあげた。

次いで、近藤目がけて放り投げた。

「あああっ……」

哀れ近藤は、屋台の下敷きとなった。

十日後、京四郎は花会を無事終えた虎五郎の接待を受けた。日本橋の高級料理屋花膳《はなぜん》である。

京四郎は松子や助右衛門、それに夢殿屋にネタを提供する者たちとともに、虎五郎のもてなしを受けた。

松子は礼金として百両を受け取った。礼金のほかに、約束どおり美味い物を食わせろ、と京四郎は言い、花膳を指定したのだ。

高級料理屋の贅を尽くした料理や上方の清酒が、ずらりと並べられている。高級料理屋にはさして興味のない京四郎であったが、

「おまえのような博徒には、せいぜい贅沢なもてなしをさせてやる」

と、悪びれもせずに言い放ったのだった。

虎五郎も大親分の懐の深さを示そうと、京四郎の要求に応じたものの、助右衛門の凄まじい食欲にたじろいでいる。

「こら、陰気な顔をするな。陽気に食って騒げ」

京四郎に言われ、

「は、はい……わしより、みなさんが楽しんでください」

虎五郎は気遣いを示した。

「みな、楽しもうとしておるのだ。おれも愉快に過ごしたい。だがな、もてなす

側のおまえがつまらなそうでは、白けてしまうぞ」

　京四郎は肩をすくめた。

「そんなことござんせんよ。わしもこのとおり、酒を飲んで、美味い物を食べて極楽気分でおりますんでね」

　杯を頭上に掲げ、虎五郎は笑顔を取り繕った。

「そうかな。おれの目には、今日の勘定はどれくらいだろう、と気にかけているようにしか見えんぞ」

「そりゃ、多少は……」

　つい、虎五郎は本音を漏らした。

「銭勘定に気を取られるようでは、真の大親分になれんぞ。殻《から》を破れ」

「殻を破れとおっしゃってもねえ……しかたござんせんよ。一家や賭場を営むのは、なんだかんだ言って銭金ですからね」

　虎五郎は淡々と言いたてた。

　京四郎はしばし天井を見あげ思案していたが、

「よし、おれがおまえを大親分にしてやる。大親分に脱皮させてやるぞ」

と、立ちあがった。

虎五郎は戸惑いで口を半開きにする。

「今日は花膳を貸し切りだ」

声高らかに、京四郎は宣言した。

「か、貸し切りって……」

虎五郎は目を白黒させる。

「女将、今日はな、三度目の虎五郎親分が貸し切りにしてくれるそうだ」

京四郎が声をかけると、

「まあ、親分、太っ腹だこと。ですがね、ほかにもお客さまがいらしているんですよ」

女将が恭しく頭をさげた。

「そりゃ、しかたがねえな。堅気の衆には迷惑はかけられねえや。貸し切りはまたの機会だ」

安堵したように、虎五郎は女将の言葉を受け入れた。

しかし、

「かまわぬ。その客も一緒に騒ぎ、勘定は虎五郎親分持ちだ。それと、我らやその客だけでは、せっかく仕入れた食材をあまらせる。道行く者にも、虎五郎親分がご馳走すると声をかけてやれ」

京四郎は陽気に言い放った。

「ごっつあんです」

助右衛門が礼を言い、

「さすがは江戸一の貸元、読売におおいに書きたてますよ」

松子もよいしょをする。

顔を引きつらせ、口の中でもごもごとさせる虎五郎に、

「なまじ、銭金の勘定ができる程度のもてなしなら、せぬほうがよい。天井知らずの散財をしてこそ、自分の殻を破ることができるというものだ……虎五郎、大親分になれ」

京四郎は言い放つと、とどめのように言葉を発した。

「ままよ、一度きりの生きざまだ。好きにするがよい」

京四郎の論法は筋が通っているようにも思えるが、冷静になって考えれば無謀もいいところだ。

しかし、苦笑を浮かべた虎五郎は、あえて京四郎の言葉に乗ることにした。

「よし、派手にやるぞ。女将、ありったけの酒と料理を出してくれ。料理がなく

なったら、仕出しを取りな！」

虎五郎は手拭で捩り鉢巻きをすると、両手を打ち鳴らして踊りだした。

いまひとつ盛りあがらなかった座敷が、弾けたように明るくなった。

松子は、頼もしそうに京四郎を見た。

その顔は、これからも天下無敵の素浪人、徳川京四郎の大活躍を読売にして大儲けするぞ、という取らぬ狸の皮算用ばかりか、京四郎と知りあえた感謝、庶民のために役立ってくれる期待に、満ち溢れていた。

コスミック・時代文庫

無敵浪人《むてきろうにん》 徳川京四郎《とくがわきようしろう》
天下御免の妖刀殺法

2023年7月25日　初版発行
2024年1月10日　2刷発行

【著 者】
早見《はやみ》 俊《しゅん》

【発行者】
佐藤広野

【発 行】
株式会社コスミック出版
〒154-0002 東京都世田谷区下馬 6-15-4
代表　TEL.03(5432)7081
営業　TEL.03(5432)7084
　　　FAX.03(5432)7088
編集　TEL.03(5432)7086
　　　FAX.03(5432)7090

【ホームページ】
https://www.cosmicpub.com/

【振替口座】
00110-8-611382

【印刷／製本】
中央精版印刷株式会社

ISBN978-4-7747-6487-0 C0193

帝国時空大海戦 1

新機動艦隊誕生！

羅門祐人

コスミック文庫